共和国故事

无愧动脉

——京九铁路提前全线铺通

张学亮 编写

吉林出版集团股份有限公司

图书在版编目（CIP）数据

无愧动脉：京九铁路提前全线铺通/张学亮编. —

长春：吉林出版集团股份有限公司，2009.12

（共和国故事）

ISBN 978-7-5463-1825-7

Ⅰ．①无… Ⅱ．①张… Ⅲ．①纪实文学－中国－当代 Ⅳ．①I25

中国版本图书馆 CIP 数据核字（2009）第 236708 号

无愧动脉——京九铁路提前全线铺通

WUKUI DONGMAI　　JINGJIU TIELU TIQIAN QUANXIAN PUTONG

编写　张学亮

责任编辑　祖航　宋巧玲

出版发行　吉林出版集团股份有限公司

印刷　三河市嵩川印刷有限公司

版次　2010 年 1 月第 1 版　　　　2022 年 1 月第 9 次印刷

开本　710mm×1000mm　1/16　　　印张　8　字数　69 千

书号　ISBN 978-7-5463-1825-7　　　定价　29.80 元

社址　吉林省长春市福祉大路 5788 号

电话　0431－81629968

电子邮箱　tuzi8818@126.com

版权所有　翻印必究

如有印装质量问题，请寄本社退换

前　言

自 1949 年 10 月 1 日中华人民共和国成立至今,新中国已走过了 60 年的风雨历程。历史是一面镜子,我们可以从多视角、多侧面对其进行解读。然而有一点是可以肯定的,那就是,半个多世纪以来,在中国共产党的领导下,中国的政治、经济、军事、外交、文化、教育、科技、社会、民生等领域,都发生了深刻的变化,中国人民站起来了,中华民族已屹立于世界民族之林。

60 年是短暂的,但这 60 年带给中国的却是极不平凡的。60 年的神州大地经历了沧桑巨变。从开国大典到 60 年国庆盛典,从经济战线上的三大战役到经济总量居世界第三位,从对农业、手工业、资本主义工商业的三大改造到社会主义市场经济体制的基本确立,从宜将剩勇追穷寇到建立了强大的国防军,从废除一切不平等条约到独立自主的和平外交政策,从"双百"方针到体制改革后的文化事业欣欣向荣,从扫除文盲到实施科教兴国战略建设新型国家,从翻身解放到实现小康社会,凡此种种,中国人民在每个领域无不留下发展的足迹,写就不朽的诗篇。

60 年的时间在历史的长河中可谓沧海一粟。其间究竟发生了些什么,怎样发生的,过程怎样,结果如何,却非人人都清楚知道的。对此,亲身经历者或可鲜活如昨,但对后来者来说却可能只是一个概念，对某段历史的记忆影像或不存在，或是模糊的。基于此，为了让年轻人，特别是青少年永远铭记共和国这段不朽的历史，我们推出了这套《共和国故事》。

《共和国故事》虽为故事，但却与戏说无关，我们不过是想借助通俗、富于感染力的文字记录这段历史。在丛书的谋篇布局上，我们尽量选取各个时代具有代表性或深具普遍意义的若干事件加以叙述，使其能反映共和国发展的全景和脉络。为了使题目的设置不至于因大而空，我们着眼于每一重大历史事件的缘起、过程、结局、时间、地点、人物等，抓住点滴和些许小事，力求通透。

历史是复杂的，事态的发展因素也是多方面的。由于叙述者的视角、文化构成不同，对事件的认知或有不足，但这不会影响我们对整个历史事件的判断和思考，至于它能否清晰地表达出我们编辑这套书的本意，那只能交给读者去评判了。

这套丛书可谓是一部书写红色记忆的读物，它对于了解共和国的历史、中国共产党的英明领导和中国人民的伟大实践都是不可或缺的。同时，这套丛书又是一套普及性读物，既针对重点阅读人群，也适宜在全民中推广。相信它必将在我国开展的全民阅读活动中发挥大的作用，成为装备中小学图书馆、农家书屋、社区书屋、机关及企事业单位职工图书室、连队图书室等的重点选择对象。

编　者
2010 年 1 月

一、 中央决策与规划

●周恩来说："看来京广、京沪铁路之间，还得修一条南北干线，要修直的，标准要高一点。"

●邓小平指出："我们整个经济发展的战略，能源、交通是重点，农业也是重点。"

●朱镕基说："关于京九线的建设问题，能不能再提前一点，让它在 1995 年底就能有所分流，哪怕还没有完成，往前赶一点也好。"

铁道部建议修建京九铁路

1991 年 9 月 6 日，国务院在山东省济南市召开了由国家 8 个部委和京九铁路沿线 9 省市主要负责同志参加的"京九铁路建设情况汇报会"。

会上，当时的铁道部部长李森茂汇报了京九铁路建设的前期工作。

最后，邹家华郑重宣布：

国家已决定修建京九铁路！

邹家华说：

我们现在还不能像美国那样的国家主要不靠铁路了，甚至把铁路拆了，主要靠公路运输了。

国务院副总理的一席话，为 70 年代末至 80 年代初的关于铁路的争论画上了一个醒目的句号。

接着，邹家华又说：

我们把京九铁路建设提到国家经济发展的

重要位置上，作为"八五""九五"的一个重要项目，就是要发展中部地区的经济。"七五"期间，我们发展了东部沿海地区。"八五""九五"，要把中部地区的经济发展起来，京九线将要起到重要作用。1997年7月1日，我国要恢复对香港行使主权，这个意义也是非常重要的。

邹家华对京九铁路的深远意义阐述得明明白白。而京九铁路的深远意义又何止在中国的中部地区！

会上，邹家华代表国务院提出了京九铁路的十六字建设方针：

统筹规划，条块结合，分层负责，联合建设。

这次会议的纪要，以国务院（1991）128号文件下发执行。

1991年9月28日，铁道部向国家计委呈报了"北京至九龙铁路建设总体方案的报告"。

国家计委很快地通过了这份报告，由叶青签发，并向国务院呈报了审批京九铁路建设项目的请求报告。刘仲藜将这个报告呈送国务院总理李鹏、副总理朱镕基和邹家华。

邹家华批示："拟同意，建成后新线新价。"

朱镕基批示："要加速建成。"

李鹏最后圈阅："同意。"

对于修建京九铁路这一战略决策的完成，由来已久。

孙中山早在就任中华民国临时大总统之前，他就有一个铁路救国的设想。

孙中山在他的《实业计划》中指出："交通为实业之母，铁道又为交通之母。国家之贫富，可以铁道之多寡定之；地方之苦乐，可以铁道之远近计之。"

而且，当时孙中山曾有一个美丽的构想，那就是在九江建设长江大桥，并使它成为"中国南北铁路之一中心"，沟通南北铁路交通。

孙中山就任中华民国临时大总统后，立即颁布命令，指出："富强之策全借铁路交通，亟宜从速兴筑。"

中华人民共和国宣告成立后，中央人民政府开始对中国铁路的建设作出全面规划。1958年3月，铁道部提出了15年内修建新铁路8万公里的计划。两个月后，铁道部又将计划扩大为12万公里。

1958年，中国首任铁道部部长滕代远便根据毛泽东的提议，提出了在京广和京沪两大南北干线之间再修建一条南北通道的设想，即从北京修至江西九江。

1959年4月，铁道部基建总局编制了《全国路网分期修建规划图》。这是第一个五年计划期间众多铁路专家集思广益并精心研究的成果，也是全国解放后第一个路网总体规划。

在这个路网总体规划中，就有一条利用京广线到保定，然后东折衡水，经过山东菏泽、定陶到达商丘，过商丘以后，铁路继续南下，直接到达安徽阜阳，然后再经过河南潢川到达武汉。

但在这次规划中，这条铁路还没有跨越长江。铁道部在长江以南，又规划了江西南昌到达吉安和吉安到达赣州的铁路。

当时，江西赣州的代表们进京开会时，就不止一次地向各级领导表达他们对修建铁路的热切企盼，并且得到了周恩来的口头承诺。

1966 年，周恩来在中南海召见第二任铁道部部长吕正操，提出修建北京到九江的南北干线，他说：

看来京广、京沪铁路之间，还得修一条南北干线，要修直的，标准要高一点。

修建这条铁路有两大关键的工程，一个是长江大桥，一个是黄河大桥，线路的走向、工期，都受这两个关键工程的限制。很快，铁道部决定先上马长江大桥。

1972 年初，铁道部与交通部合并组建的新交通部，经反复比较论证，将桥位选在了九江市下游的白水湖。

同年 6 月 24 日，交通部以"交计字 112 号"文件，向当时的"国家计划革命委员会"呈送了九江长江大桥设计任务书的报告，要求审批。

　　这个报告经国家计划委员会转至国务院后，周恩来主持国务院会议，多次研究论证后，终于在第二年批准了这个报告。

　　1973年，铁道部大桥工程局的3000多名专家、干部和工人已经开始了对九江长江大桥的建设。

　　1975年，当有关部门又向铁道部报送了北京至九江的铁路修建方案时，铁道部考虑到，单从当时的备战角度出发，铁路从九江长江大桥向南延伸也是一个很有益的方案。

　　80年代，有一位江西的老太太千里迢迢来到北京，由于当年红军时期胡耀邦在她家住过，她就利用这个关系，找到当时任中共中央总书记的胡耀邦，要求给她的家乡修建铁路。

　　胡耀邦热情地接待了她，但是，胡耀邦对她说："铁路的修建问题，不是一件小事，需要党中央和国务院共同商量，这需要有一个很复杂的过程，我可不能随口答应您哪！"

　　但这个老太太的态度非常坚决，她表示，如果胡耀邦不答应她，她就在北京等，非要中央给一个肯定的回答。

　　胡耀邦没办法，只好给当时的铁道部部长写了封信，请老太太去找铁道部部长。胡耀邦要求铁道部部长给老太太一个尽可能完满些的答复。

　　于是，老太太坐着胡耀邦的专车，一路开到复兴门外的铁道部。

老太太见到部长后，非要送给部长 25 公斤腊肉，然后她就向部长提出，要求铁道部给她的家乡修建铁路。

铁道部部长尽管当时觉得哭笑不得，但心里却被老太太的真情而打动。

1974 年，邓小平主持中央日常工作，大刀阔斧地抓整顿，全国的形势变得对发展经济较为有利了。京九铁路如同富有极强生命力的劲草，一有条件便顽强地生长出来。

1975 年 2 月，交通部下发了京九铁路勘测设计计划。根据这个计划，第三、第四铁路勘测设计院编制了《北京九江铁路方案研究报告》。

1975 年至 1976 年，两个设计院派出大批外业勘测队伍，对线路进行了初步勘测。随后，又以初测资料为基础，按 1 级铁路标准，进行了初步设计。也就是说，初步的蓝图已经描绘出来了。

1978 年，中国经济进入了飞速发展期。北京至九江铁路列入《发展国民经济十年规划纲要》。

而这时，铁道部已经清醒地意识到，铁路运输已经越来越成为当前国民经济增长的制约因素，因此，铁道部领导立刻向国家计委呈送了《关于北京九江铁路设计任务书的报告》，明确提出："我部准备明年开始京九两座特大桥及大别山地区隧道重点工程开工，争取'六五'期间全线修通。"

"拟按双线、电气化、客车速度160公里标准，建成一条现代化铁路。"

随后，铁道部又按准高速铁路（时速160公里）标准，进行了全线初测和部分设计。这就是比较有名的京九铁路高速方案。

想法不可谓不好，但在当时新建一条全长1200公里的准高速电气化铁路，在财力、物力、技术上都是不现实的。中国真正修建准高速铁路是20世纪90年代才开工的广（州）深（圳）铁路，而且距离很短，只有147公里。

不久，党的十一届三中全会召开，中国吸取以往几十年的经验教训，坚持走实事求是之路。

1983年，铁道部向国家计委呈报了《关于审批北京至九江铁路衡水阜阳段设计任务书的请示报告》。根据这个报告，1983年7月18日，由国家计委副主任房维中签发了文件，正式向国务院呈送了报告。

7月30日，国务院批准了这个报告，工程正式立项。这也是国务院第一次公布"京九铁路"名称。随后，铁道部分段进行了商阜段、衡商段的勘测设计工作。

1986年2月，铁道部决定开工修建北京至九江铁路中的商丘至阜阳段170多公里的铁路，开辟华东铁路网中的南北第二通道。但这个决策遭到一些专家的反对，他们提出了不同意见。

8月5日，一个由丁关根主持的高层次的华东铁路网专家论证会在山海关召开。丁关根让持各种意见的 30 多位专家教授各抒己见，平等讨论，民主协商，以避免决策失误。

经过 9 天反反复复的民主协商，多数专家、教授的意见趋于一致：从铁路路网、近期应急和远期发展的结合考虑，认为商丘到阜阳这条线位置适中，具有形成路网骨干线路的条件，修建商阜线是必要的。

丁关根代表铁道部当即宣布：

> 论证会的结论是最终决策，商阜铁路马上开工！

商阜线的开工可以说是京九铁路的"不宣而战"。事后，丁关根表示：

> 商阜线有形成中国铁路网骨干线路的条件，将来连起来，就是南北大干线。

1987 年，江西省提出修建近 200 公里长的向塘至吉安的地方铁路，而这段铁路正好是路网规划中的"大京九（北京至九龙）"铁路的一段。国家计委、铁道部当然给予全力支持，使向吉地方铁路迅速得以开工。

1989 年，经济发达的广东省提出要修建广东梅县至汕头几百公里的铁路，铁道部又欣然与之合资修建。

1990 年，中共中央在关于"八五"计划的建议中明确指出：铁路建设仍将是 90 年代综合运输网建设的重点，今后十年以铁路为运输骨干的局面不会改变。

9 月，由铁道部副部长屠由瑞主持，铁道部在北京召开了"北京至九龙铁路建设方案专家论证会"。与会的 56 名全国知名的铁路专家认为：铁道部提出的方案"线路走向合理，方案可行"。

10 月 18 日，铁道部向国家计委呈报了《关于报送北京至九龙铁路项目建议书的报告》。这是铁道部第一次正式向国家提出"大京九"的名称。

1992 年 3 月 17 日，国务院正式批准了这个报告。至此，京九铁路全线正式立项。

9 月 10 日，韩杼滨出任铁道部部长，他在第一次全路电话会议的讲话中就表示，第一条就是组织会战，加快铁路建设。

会后，铁道部 5 位正副部长分头下到京九线和其他重点工程工地，现场办公，当场解决困难问题。

国务院批准修建京九铁路

1979 年，全国人大常委会委员长叶剑英在庆祝中华人民共和国成立 30 周年大会上指出：

> 要坚决缩短基本战线建设，集中力量加快农业、轻纺工业和燃料能源、交通运输等薄弱环节的生产建设。

1982 年，中共中央总书记胡耀邦在中国共产党第十二次代表大会上作报告说：

> 应当看到，如果国家的重点建设得不到保证，能源、交通等基础设施上不去，国民经济的全局就活不了，各个局部的发展就必然受到很大限制，即使一时一地有某些发展，也难以实现供产销的平衡，因而不能持久。

邓小平在不同的场合、不同的时间曾不止一次地指出：

> 我们整个经济发展的战略，能源、交通是

重点，农业也是重点。

1984 年 9 月，英国首相撒切尔夫人访问中国，并正式签署了关于香港问题的《中英联合声明》，中华人民共和国向全世界庄严宣布：

自 1997 年 7 月 1 日始，将恢复对香港行使主权。

从正式签署联合声明那一天起，中国政府就非常重视对待香港回归的问题，积极采取一些切实的措施，使祖国内地和香港能够真正接轨。

很快，六届政协常委、铁道部副部长邓存伦联合一些社会知名人士提出：

迅速上马京九线，并扩展思路，将原定的北京至九江铁路延长至香港九龙，力争在 1997 年 7 月 1 日香港回归祖国时全线贯通。

这时，中国随着改革开放政策的贯彻，国民经济高速发展。这次结合香港回归祖国的大好形势，国家及时提出了修建北京至九龙铁路的伟大决策，从原来是北京至九江的"小京九"，变成了北京至九龙的"大京九"。

其实，早在 1973 年，九江长江大桥修建之初，其原为北京至九江铁路上的一座大桥。

但那时国家建设资金相当缺乏，后又遇国家"调整、改革、整顿、提高"八字方针的贯彻，九江桥处在路网规划的争议中，究竟属于哪条铁路线的桥不明确，属"有桥无路"的工程，正处在要调整之列，于是工程几近停顿状态。

1986年11月，国务院副总理万里视察九江长江大桥工地，指示大桥先通公路后通铁路，资金由铁道部、交通部及江西、湖北、安徽省共同出资，工程才逐渐恢复正常。

这样，京九铁路最难决策的如何通过长江的问题得以解决。

1990年3月，吕正操经过认真调研和思考，就京九铁路以及整个中国铁路的交通运输状况写信给江泽民、李鹏。

吕正操提出：

> 中国铁路建设事业亟待发展。而在急需建设的诸条铁路中，京九铁路和南昆铁路为当务之急。

吕正操的信立刻引起了中央的高度重视。

3月22日，江泽民在这封信上指示：

请李鹏同志阅，看来吕正操同志花了不少工夫，是否待有关部门研究后，要给吕老一个回音，请酌。

3月23日，李鹏随即在信上作出指示：

家华同志，吕正操同志的意见，请在制订"八五"计划时参考。

修建京九铁路，需要巨大的资金投入，当时中央领导意识到，这件事必须谨慎考虑。

吕正操等人也深知中央的难处，他们决定，要给中央提供尽可能的情况，帮助中央领导下定决心。

不久以后，邓存伦便将修改后的修建京九铁路的建议再次呈报给江泽民、杨尚昆、李鹏、万里、姚依林。

党中央这时也意识到，我国正处在国民经济调整发展时期，铁路运输的严重滞后，对经济的发展形成了很大的制约。

不仅在"八五"期间制约，而且会影响到"九五"的规划。

根据预测，如果现有的京广铁路搞成双线和电气化，而京沪和焦枝两条线也都完成电气化改造，这样，三大南北干线都可以大幅度地提高运输能力，但到2000年时，仍然有一亿吨的缺口。

尤其当时整个国家又处于高速发展的时期，因此，在这一形势下，建设京九铁路就显得十分迫切，也更带有全局意义。

1992 年，邓小平发表重要讲话，党的十四大召开，国民经济迅速发展，这就使京九铁路的上马不仅成为具有战略意义的举措，而且成为解决当前诸多现实问题的必然需要。

1992 年 7 月 16 日，朱镕基来到北京京西宾馆参加全国铁路领导干部会议，他在大会上明确提出：

> 国民经济上台阶，铁路怎么办？铁路运输已经成为国民经济的一个卡脖子的瓶颈。
>
> 今后国民经济能不能上台阶，就得看铁路运输了。南北铁路运输特别紧张，大量物资过不去，京九铁路是矛盾的焦点，应该集中力量打歼灭战。

朱镕基当场表示，京九铁路要提前一年到一年半建成，他还自告奋勇提出当京九铁路的顾问，有解决不了的问题可以直接找他。

1993 年，朱镕基这时已经是中共中央政治局常委、国务院副总理，他再一次参加全国铁路工作会议并讲话。

朱镕基说：

关于京九线的建设问题，能不能再提前一点，让它在 1995 年底就能有所分流，哪怕还没有完成，往前赶一点也好。

他又说：

我的决心：一定要把铁路工作抓上去，这个中心环节没有抓错，抓了这个东西就能带动全局。

京九铁路建设被党中央、国务院提到了重要议事日程，成为全国的热点！

1993 年 2 月 20 日，以邹家华为组长的国务院京九铁路建设领导小组在京成立。随后，铁道部成立了京九办，负责全线的统一指挥，吹响了进军的号角。

邹家华在领导小组第一次会议上强调：

京九铁路从原来五年时间提前到三年时间完成，是从整个国民经济发展的需要提出来的。

在此稍前，韩杼滨已代表铁道部向党中央、国务院立下军令状：1995 年铺通全线！接着，铁道部发出了紧急动员令：

打破常规，决战三年，铺通全线。

号令一下，几十万铁路建设大军迅速在京九铁路沿线工地集结，形成了"千军万马战犹酣"的铁路建设大会战的宏伟场面！

1993 年 4 月 18 日，朱镕基在湖南的株洲市召开京九铁路建设现场座谈会。他要求像当年刘邓大军进军大别山那样，把加快铁路发展，作为一项重大的战略步骤抓好，真抓实干！

1993 年 5 月 9 日，国务院批转国家计委、铁道部关于加快京九铁路建设报告的通知，提出必须实现的总目标，即"三年铺通，一年配套，边配套，边分流"。

京九铁路，更牵动着新老党和国家领导人的心。

原国家主席、全国政协主席李先念，在他逝世前两个月，在重病中，还就京九铁路问题亲笔致信铁道部；

江泽民总书记在太原铁路分局考察时，就京九铁路建设发表重要谈话，他还在北京人民大会堂亲自审查、观看了北京西客站模型；

李鹏总理亲自为北京西客站奠基；

李瑞环同志在百忙中过问京九铁路建设；

胡锦涛同志出席京九铁路吉安至定南段开工典礼；

邹家华同志为黄河大桥、五指山隧道开工剪彩。

同样，京九铁路也牵动着中国亿万老百姓的心。沿线几千里的工地上，到处都有当年支前那样催人泪下的场面。

京九铁路，这一几代人的夙愿，这一伟大的构想，经过漫长而又曲折的决策过程，终于在神州大地上开始变成伟大的现实。

全国人民期待着这一天。

二、 铁路勘测与设计

● 吕正操要求："铁路要设计成直线。华北大平原一马平川，一眼就能望到头，这对铁路的修建来说是非常有利的。"

● 1993年年初，铁道部第三勘测设计院召开了京九铁路工作会议。根据上级指示，抓紧京九线的勘测设计工作。

● 他们主要负责解决的问题有两个：第一，京九线选择这样的线路从地质的角度来说行不行？第二，在现实地质情况下，京九线的施工会遇到什么问题？

京九线路方案逐渐形成

1958 年，正式提出了京九铁路这条线路。其实当时不叫京九线，而是叫京汕线，是准备从北京修往广东汕头的。

1960 年 8 月，当时吕正操负责铁道部的基建工作。他提出要修这样一条铁路，并派出铁道部第三、第四勘测设计院，分段勘测并编制北京至广东汕头铁路的修建文件。

尽管当时不是延伸至香港九龙，而是向东折向汕头，但是，在京沪和京广两大南北干线中，再加入一条新的南北大干线的意见不仅已经出现，而且已经逐渐地明确。

吕正操要求：

> 铁路要设计成直线。华北大平原一马平川，一眼就能望到头，这对铁路的修建来说是非常有利的。

设计人员遵循吕正操的指示，用五万分之一的军用地图先定线。地图很大，铺开来足有 12 米长。铁道三院把他们的大会议室腾空，用来铺展地图。

但是，设计人员意识到，绝对的直线是不可能的。

比如黄河桥建在什么位置，如果它恰恰能建在直线的位置上，当然太理想了，但这很困难。

建桥有许多复杂的技术要求，如果地质情况很糟糕，不允许建桥，怎么办？在当时的条件下，有些问题不能硬碰，为了建设方便、节约，就必须避开它。

设计人员明白，就算黄河桥在直线的位置上真的能建，也仍然说明不了问题。因为黄河总体上是自西向东的流向，但这种流向并不规范，如果它在建桥的位置上恰恰拐弯，与桥位形成正交，那怎么办？那等于要迎着或顺着黄河建桥。

这条线路选线中，最大的难题有三个：

一是北段从哪里过黄河；

二是过黄河后，大别山迎面拦来，怎么穿过大别山；

三是从哪里过长江。

设计人员选来选去，最后他们选定了从九江过长江。

无论修什么桥，难度都很大，而在长江上建桥的难度就更大了。如果一条铁路5年可以铺通的话，那么长江这种规模的大桥则必须10年，甚至更长的时间。因此，在铁路项目还没有上马时，大家首先要给九江长江大桥立项。

京汕铁路提出来以后，已经进行了反复勘测，但随着60年代后期战备呼声越来越高，而且是要准备着打大仗，毛泽东的思路便逐渐转向了西南大三线的修建，结果京汕铁路就排到后面去了。

1975 年 2 月，交通部下发了京九铁路勘测设计计划。根据这个计划，第三、第四铁路勘测设计院编制了《北京九江铁路方案研究报告》。1975 年至 1976 年，两个设计院派出大批专业勘测队伍，对路线进行了初步勘测。

80 年代末，国家规划京九铁路时，并没有计划铺轨到兴国县，而是直线设站在吉安地区的万安县。

兴国县是中国红军县、烈士县和将军县，也是红军第三次、第五次反"围剿"的主战场。毛泽东、朱德等老一辈无产阶级革命家都曾在这里工作和战斗过。这次修建铁路，多位兴国籍将军联名致信国务院，要求铁路通过家乡兴国。

当铁道部设计院来到闻名全国的将军县兴国时，兴国县的人民像当年欢迎红军一样，热情地迎接铁道部设计人员的到来。

第二次国内革命战争时期，江西兴国被誉为"模范县"。毛泽东在此写过《兴国调查》《长冈乡调查》，号召"要造成几千个长冈乡，几十个兴国县"。

在长冈乡调查期间，毛泽东饱含深情地向当地苏维埃干部表示，革命成功后，要给这里办两件事，一是建水库，二是修铁路。为此，20 世纪 60 年代末，中央拨款建起了 2.5 万亩的大型水库和 1 个中型水电站。

这次铁道部设计院来到兴国县后，兴国县政府当即提出，所有铁路、车站建设用地由兴国县政府补偿，不要铁道部一分钱。

铁道部所到之处，兴国人民以热情、奉献的行动深深地感动了他们。

经过勘测，铁道部最终决定重新修改原设计方案，绕道兴国南下至赣州。

就这样，京九铁路两跨赣江，多次穿越隧道，在兴国拐了一个弯，穿越兴国区域 54 公里，并设立了兴国站。

1987 年，袁长友负责对京九铁路黄河以北地段的地质勘测。他们主要负责解决的问题有两个：第一，京九线选择这样的线路从地质的角度来说行不行？第二，在现实地质情况下，京九线的施工会遇到什么问题？

袁长友发现，这片广袤的大平原基本构成是沙土。沙土覆盖层非常厚，最深处能达到几百米，而这完全是黄河冲击形成的。

黄河的泥沙携带量是全世界最大的，因此，它也是一条变化最大、最频繁的河。

袁长友在勘测时看过资料，黄河从 2000 多年前至今，始终在下游这片开阔的土地上躁动不安地变换身姿。而且，黄河在下游几乎是一条完全独立的水系，它没有其他的支系，这是因为，人们对它筑堤建坝，防止它一次次作乱，以至于堤坝越筑越高，而黄河的河床也就相应地升高，最后成为一条"天河"。没有任何一条其他水系能够和它平起平坐地交汇融合。

袁长友他们在华北平原上勘测京九线，一路见到的都是一马平川，但走到距离河南商丘 10 公里左右的地方，突然平地矗起了一道高 10 米左右的、向两方无限延伸的土坎。

勘测队向当地老乡询问土坎的来历，老乡告诉他们，这是一道从前的黄河河堤。

最后选定，京九铁路在商丘的孙口渡口跨越黄河。

京九铁路岐岭隧道，位于江西省南康、信丰两县交界的岐岭山脉处，隧道由铁道部第四勘测设计院设计。

由进口到出口，山势渐缓，最大埋深 176 米。出口地处山间谷地，平坦开阔。

隧道地质极差，为泥岩、泥质砂岩、粉砂岩、极度分化花岗岩等，软弱围岩占 70% 以上，被建设者称为"南中国的地质博物馆"。

按设计，隧道要穿越两座水库，中部右侧是年丰水库，最大蓄水量 60 万立方米，水库距隧道 90 米；左侧有菩萨庵山塘，蓄水量 6 万立方米。

隧道在水库和山塘之间下方穿过山体，水面比洞底高出 32 米，洞内涌水量大，断层密布、塌方频繁。

这里属于典型的软塑性不良地层，是国内外隧道工程中罕见的不良地质状况。

1992 年下半年，京九铁路勘测任务下达，地质工程师李应顺、黄恒均以及隧道专家王效文、资谊，线路专家潘国强，地质专家郭建湖、涂勇、彭洋等人共同开始了对岐岭隧道这一段线路的选址、勘测和设计。

勘测岐岭隧道时，黄恒均发现山顶有岩石是断开的。于是他顺着断层一直追踪，察看岩体风化的角度，看它和地面的关系。

最初，设计师们围绕着岐岭隧道在地图上画出了4种方案，而且大都集中在岐岭的两侧。

然而，东侧的小山包会使铁路增加几个弯道，而且这里的路堑极不理想，山体上的表层物质都是处于松散状态的大孤石和块石，这是危及路基安全和对线路产生长期威胁的隐患。

西侧线路比较短，这是一大优点，但这里进口段的花岗岩风化极其严重，而且洞身中部还要穿过一座水库。水库底部与隧道只有20米的距离，这样极易造成塌方。

最后，大家选定了岐岭隧道中线方案。

首先，根据资料分析，这里进口地段不像其他洞址那样普遍存在着崩塌堆积物，也没有山体滑动的迹象。

其次，这里山头上也有一座水库，但水库与隧道相隔足有100多米，对隧道及施工都不会造成危险。

另外，这里的进口处只有280米左右，远比其他方案少得多。

至于京九铁路香港一段，当时香港称九广东铁，北起罗湖桥，南至九龙红磡，全长35.4公里。

广九铁路于1898年倡议兴建，把该铁路分成中英两段，并分别由中、英两国政府负责建设。港英政府于1905年决定把这个计划付诸实行。

而中国段由边境深圳至广州大沙头的工程也于1907年开始，该线全长为143.2公里。

广九铁路英段于1910年10月1日完成，开放与市民使用，全部建筑费用达130万英镑。当时广九铁路英段由九龙总站开始，沿线只有5个站，包括油麻地、沙田、大埔、大埔墟旗站及粉岭。

初期，广九铁路是一条单轨铁路。70年代，广九铁路改为双轨，并实行了电气化。

京九铁路完成线路设计

1993 年年初，铁道部第三勘测设计院召开了京九铁路工作会议。根据上级指示，抓紧京九线的勘测设计工作。

会上，设计院领导传达了邹家华副总理在国务院京九铁路建设领导小组会议上对铁路工作的重要指示，以及国家计委副主任叶青、铁道部部长韩杼滨、铁道部副部长孙永福等同志的重要讲话。

会议要求全院各级领导认真贯彻这次国务院领导小组会议精神，坚决把京九线的勘测设计工作抓紧抓好，为实现京九铁路的建设目标努力奋斗。

京九铁路从最初酝酿到走向成熟，从无数个方案中选择出最佳的一个，中间经过反复商讨，前后竟然长达30 多年！

然而，在京九铁路线路走向的方案被最终确定后，有些熟知历史的人看到后大感惊讶。因为他们发现，今天的京九铁路竟然与一条早就已经失修的古代驿道相吻合。

早在元朝，在《析津志辑佚》这本书当中记载了一条驿道，当时标明是从元大都，也就是今天的北京，经过山东菏泽、河南商丘、江西的九江和南昌，通过广州，最后到达九龙。

大家知道，1839 年林则徐去广东禁烟的时候，走的也正是这条路。

然而，京九铁路的勘测设计人员都是分段勘测、分段设计的，他们只顾工作，可能并没有时间去关心古时这里曾经是什么状况，他们只是依照着地形、地质以及其他的很多因素来综合考虑，最终选择一条认为是最佳的线路。

京九铁路沿线的大好风光，已经让人赏心悦目。而经过铁三院、铁四院设计大师们精心装饰的京九线本身，也叫人叹为观止，使人震惊。

设计者们按沿线市县的不同人文特色，将全线途经的车站设计成一站一景，有仿古式的、有现代式的，与当地的风土人情、人文景观相吻合，千姿百态。

山东的鄄城是古代军事家孙膑的故乡，鄄城站就是按古代行军打仗的帷幄造型加以美化建造的。

梁山站则把《水浒传》中的"聚义厅"整个搬到了站台上。

而江西的共青城站，则采用了现代感较强的造型，以曲弧墙往上升腾，象征着共青城人民蓬勃向上的精神风貌。

经过改造的阜阳站有 5 台 9 线，采用无站台柱风雨棚，在全国地市级车站中首屈一指。

人们坐火车沿京九铁路行走时，不必下车就能浏览

一路不同特色的人文和自然风光，真可谓京九线上旅游热点多。

1992 年 10 月 5 日，秦永平率一个勘测队赴广东进行初测。7 日 20 时到达江西信丰县。

一下火车，在江西勘测的技术队长潘国强就急切地对秦永平说："你来得正好，我们急死了，勘测队在铁石口煤矿区都已经停止前进了。"

原来，他们是遇到了许多古代煤矿，这样可能要改线，必须马上把新方案准备好。

秦永平迅速在万分之一的地形图上选出 7 个线路方案，然后进行技术比较。第二天 6 时，秦永平亲自带一个组进行勘测。

一个月后，他们终于选定了西绕方案。

1994 年 2 月，新组建的机筑二段奉命从国家重点工程株洲枢纽转战京九铁路阜阳至九江线。

职工们日夜兼程，拉着各种机械赶到地处湖北黄梅县的孔垄镇，设计院的勘测队正在放中心桩进行定测，定测贯通后方可设计施工图纸。

清晨，启明星刚刚隐去，五处机筑二段的测量小组已踏着露珠，行进在沟沟坎坎的田埂上了。

大家都知道，测量是攻克软土技术难关的第一步，工作艰苦复杂。从接桩到初测、复测、定测，来来回回都要贯通闭合，中线桩、水平桩、地界桩、涵管桩、曲线桩、沉降观测桩，不论桩路长短，都要求精确到位，毫厘不差。

软土路基技术要求高，还需用经纬仪三角网、水平仪精密导线控制布点，头绪极为繁琐。施工室主任领着8名青年技术人员忙着立杆、观镜、拉皮尺、画测图、查数据。

夏日的江南，风收云敛，遍地流火，大家被太阳照得头昏眼花，饥渴难忍。水壶见底了，大家就纷纷捧一口泥塘水喝，结果不到半天就拉肚子。中午在路边餐馆吃点儿面条，饿到20时才回来，胃阵阵发痛。

一个月后，大家测完线路，互相一看，都晒脱了几层皮，但没有人说一声苦，却互相乐哈哈地开玩笑："黑玫瑰""小包公"。

三、 铁路建设与施工

● 韩杼滨坚决地说："不行！不能拖到那时候！我告诉你，现在形势非常逼人，越来越逼人。不能到 7 月份，一定要想法再提前，哪怕提前一天也是好的。"

● 铁四局局长张玉琨当机立断："软土路基列为全局工程重中之重，各处要派最好的车辆、最得力的干部增援，务必决战决胜。"

● 孙永福对余文忠说："余指挥长，岐岭隧道就交给你了，如果按时贯通它，你们就是历史的功臣。"

修建北京至任丘段

1992年9月25日，中铁三局局长郭守忠接到铁道部工程总公司通知：

> 经过慎重研究，考虑了各方面的条件和因素，京九铁路北京到饶阳共189公里的线路交由铁三局承担修建。时间紧迫，希望铁三局进入状态。

铁三局的人一时激动得不知所措了。因为他们怎么也没想到，这么重要的任务竟然被他们拿到了。

局领导粗略算了一下，他们拿到的任务，占了全线总长的十分之一还要多，这比铁三局历史上投资量最多的1985年还多出了五六倍。

这对于铁三局来说，真可以说得上是绝处逢生了。

1991年6月14日，郭守忠在刚刚被宣布任命为铁三局代理局长后，他讲了一番话：

> 从今天开始，我当了代理局长。我知道自己身上压的是一副什么样的担子。现在，大家都盼着效益好，我非常理解。但是我郭守忠不

是开银行的，钱到处都有，我们怎么去挣？还是靠大家。我说这个话不是推卸责任，我的责任也推卸不掉。我是真心地说，我不会有什么让人感到吃惊的大本事，不会像孙悟空那样神通广大，我干好工作的第一条就是依靠大家。

郭守忠就这样坐上了局长的位置。他对所在的单位有些担心，担心的原因很简单：铁三局处境空前艰难。

铁三局是铁道部基建队伍中一支老牌队伍。截至1991年，全局仅在职职工就有4.6万人，这还不包括1.3万离退休人员。铁三局的事业从1985年达到顶峰后，就一路下滑，甚至跌入了谷底。

郭守忠一接过局长的任命书，他的心里就一直忧虑。而且更让他焦心的是，8月10日，郭守忠刚上任不到2个月，在路上出了车祸，脚肿了，头也破了，流血不止，当晚包扎好，而到了2时，郭守忠还没睡实，就被电话叫醒了。

郭守忠拿起电话，就听到铁三局党委书记张好志对他说："老郭，告诉你个情况。"

郭守忠当时就觉得心里一紧，耐心接着往下听。

"宝中线那边出事了。"

"什么事？"

"庙台子隧道塌方了。"

"埋了几个？"

"23个。"

郭守忠连夜赶回了局机关，火速乘火车赶往宝鸡处理事故。这次，抢救出14人，有9人遇难。

1992年4月，郭守忠作为一局之长，必须发挥上传下达的作用，及时将局里的情况和发展构想向部里汇报，而部里的精神和意见又必须及时向局里传达。

郭守忠就这样在上传下达的过程中慢慢地发现，国家正在下决心，要大力修建铁路。具体地说，他清楚地感觉到，国家想投资修建的铁路有宝中线、南昆线、兰新复线、浙赣复线等。

而在这些铁路中，郭守忠意识到，其中最恢宏、最浩大、最让他心动的，就是京九铁路！

郭守忠知道，京九线全长2000多公里，不仅是一条高标准、高质量的大干线，而且它要铺设相当一段的双线。这对于基建队伍来说是一场大仗、恶仗、硬仗，但同时，它也是一个难得的承建机会。

郭守忠被这个机会刺激着，他终于忍不住拨通了铁道部计划司副司长杨海长家里的电话。

杨海长说："一猜就是你，有事吗？"

郭守忠说："打电话就一定要有事呀？没事我们就不能找部领导聊聊吗？"

杨海长骂他："谁是领导？你才是大领导呢，统率着几万兵马，一挥手就是旌旗遮天蔽日，铁甲三千。嘿嘿，那个威风啊！算了，你别绕弯子了，明着说吧，要我们办什么事?"

郭守忠说:"岂敢岂敢,我们是基层来的,你们是天子脚下坐着的,我们能和你们多聊聊,三生荣幸哪!哎!我说杨司长,有没有什么消息?"

"什么消息?"

"你心里有数。"

"你是说京九?我实话告诉你吧,基本上说已经定下了。"

"真的?"

"当然是真的。"

"哎哟!我的杨司长,你可别逗我,你知道我的心脏不好。"

"我逗你干什么?你看你这个人,整天盼着京九京九,现在真盼到了你又不相信。"

杨海长听电话那头没声了,有些着急,大声喊着:"老郭,喂,喂,你怎么啦?"

杨海长叫了好几声,郭守忠才回过神来,他真心回答:"没事,没事。杨司长你说你的,我在听。"

打完电话,郭守忠心里再也无法平静了。

郭守忠又苦苦等待了几个月,终于等来了京九这顿让铁三局起死回生的"大餐"。

11月1日,铁三局京九铁路指挥部在河北霸州成立,指挥长郭守忠,副指挥长郭长江。

郭长江打开地图看着,在地图上,黄村到饶阳这189

公里只是很短的一小段。

但是，当郭长江在金色的秋天驱车行驶在这段线路上时，却发现那是一片广阔的大平原。当他放眼望去，东方天际的朝霞正映入他的双眼，这片平原沟渠纵横，村村阡陌相连，道路结成交通大网，一路平坦顺畅。

郭长江心里有数了，他产生了一个大胆的计划。

11月8日，郭长江突然下令：

限期10天，宣布开工！

工人们都觉得不可思议，他们都觉得郭长江是在开玩笑。

因为按照常规，队伍施工首先要进入现场，然后要盖宿舍，盖生产房屋，要等待各种机械设备开运进来，要和农民谈土地的征购，谈房屋的拆迁和赔偿问题，等等。

而现在，什么都还没有做，队伍没有，机械也没有，宿舍还没有盖，甚至大家手中还没有拿到图纸。

有人找到郭长江，让他不要拿天方夜谭来放在京九铁路上，作为一个指挥员，怎么能不顾主客观条件而随心所欲呢？

但郭长江毫不松懈，他铁了心：命令坚决不改。

因为郭长江心里清楚，中国是一个讲究条文和规矩的国家，而且每次行动都是部门众多。所以在当前的体制下，好多的事情都绝非哪一个人或哪一个部门能够单独解决的。

所以，郭长江意识到，一旦陷入地亩征购、房屋拆迁、资金等问题中，施工单位有时就只能到处协调解决那些杂事，就会陷入被动。

郭长江想，这就必须要有一种很有影响的力量来催促施工尽早进行。

而一般情况下，这种有影响的力量多是来自上面，像国务院或国家计委的什么规定，甚至铁道部的一纸电文也相当有效。

但中国如此之大，领导决策又需要千头万绪的会议，那就会使这种力量衰减，于是原本几天就可以办好的一件事往往要拖上一段日子。

京九铁路是等不得的。

当时修建京九铁路的大环境是，国家已经拍板决定了，铁道部态度也很坚决，那就是要用最快的速度和最好的质量完成修建这条铁路。

但是，由国家计委立项的程序还没有完结，而铁道部京九办公室也还没来得及成立，统一的指挥中枢并未形成。

地方政府虽然都已经接到了国务院、国家计委下达的支持京九铁路建设的批文，但至于怎么支援，支援的力度要多大，都还没有个定数，大家都在观望中。

郭长江明白，其他地段和单位都可以等，唯独铁三局不行，因为他们是京九铁路的龙头，必须最早干完，否则，列车哪一天才能开到香港？

郭长江认为，再进一步考虑，只有开工，才能促使那些还陷入繁杂事务中没法把精力集中到京九铁路建设的人尽快脱离出来，才能使一切支持、关怀和帮助更能具体到施工的环节中去，也才能尽早在实践中发现问题，解决问题。

郭长江出于铁三局的切身利益考虑，早开工对于具体的施工队伍来说更具有意义，早开工能使他们尽早抢占先机，冬季是华北大平原施工的最佳时节。一旦放过这个最佳季节，等几个月后雨季来临，数千名职工都将在困难的环境中施工，那时很可能一步被动变为步步被动。

郭长江为了保证10天后如期开工，他还下令成立了5个分头行动小组：

一是地亩组，负责与地方政府协商征购土地的工作。要求是，在189公里的地段内，铁路修到哪里，哪里的土地必须腾出来，房屋必须立时拆迁。

二是图纸组，负责到铁三院去催要施工图纸，用什么手段都行，反正要保证图纸及早拿到施工人员手中。

三是庆典组，负责大造舆论，力求把铁三

局已经开工修建京九铁路的消息传得越远越好，动静整得越大越好，不仅让老百姓都能知道，而且要让领导干部都知道；不仅要让铁路职工知道，而且要让地方政府知道，让人们把思想尽快集中到支援京九铁路上来。

四是财务组，要借庆典组制造开工舆论之势，抓紧机会把资金要出来。

五是开工组，首先要选择一个具有代表意义的起点，做好各项准备工作，要让所有的人都看到，铁三局是真的开工了，并非是虚张声势。

11月14日，在郭长江不讲"情面"的命令之下，各项准备工作已经基本就绪，14栋活动板房也全部盖起来了。

11月18日，开工典礼在永定河特大桥工地上如期举行。

这天，锣鼓喧天，群情振奋。10时30分，在山呼海啸一般的掌声和欢呼声中，郭长江大步流星地走上讲台，宣布：

京九铁路永定河特大桥正式开工！

轰轰烈烈的京九大会战拉开了序幕。

京九线首站是北京西客站，就坐落在北京的风景区莲花池畔。

1993 年 1 月，韩杼滨向中共中央、国务院立下军令状：

1995 年底铺通京九全线！

1993 年 4 月，铁三局线桥总队在黄村建造起轨排生产厂。7 月，铁三局举行京九铁路铺轨庆典。

黄村算是京九铁路的起点，因此铁三局向南挺进，实际上已经宣告从北京向香港九龙方向的京九铁路铺轨已经正式开始。

从这一天起，京九沿线的人们将会看到，京九铁路在一天天地逐渐成形。

按照计划，铁三局铺轨每天必须保质保量地向前进行。整个铺轨共分为两个阶段，第一个阶段的具体目标就是：

1993 年底一定要将铁路铺到霸州。

所以，铁三局全体职工风雨无阻，严格按照计划施工。局里还定下规定：谁耽误一天铺轨，罚款 3 万。

当时，除了铁三局他们自己心里有数，几乎所有人都不相信他们的计划能够实现。

有一天，开工组组长许昌龄到霸州市联系工作，霸州市好几个工作人员几乎都问了同一个问题："听说你们要在年底把铁路铺到我们这里？"

许昌龄说："是啊。"

"不可能吧？"

"为什么不可能？"

"你自己清楚，别说铺钢轨了，有好些地方就连路基都还没有垒起来呢！你实话告诉我们吧，你们是不是在虚张声势？"

"这是什么话，我们敢拿着京九铁路这么大的事开玩笑吗？"

对方这时故作高深地笑了，然后对许昌龄小声说："你就装吧！"

许昌龄不再回答他们了，他觉得不回答就是最好的回答。

铁三局在这一年中要铺 3 条线：京衡段从黄村向南铺；菏商段从商丘向北铺；第三条线是山西的侯月线，这条线 1992 年就开始铺了，已经铺了一半，京九铁路一开始，就留下了一部分力量在继续干。

黄村站作为京九线的龙头，是重中之重。因为如果龙头扬起了，对整个工程都是极大的鼓舞。

偏偏他们铺这段线路的时候，正是铁路基建全面大上的高峰时期，各种材料非常缺乏。不仅缺轨、缺枕、缺梁，甚至连联结钢轨的鱼尾夹板都很缺。

041

大家实在想不出更好的办法，又不能等着，他们只好等钢轨铺好以后，先把铺轨机和架桥机开过去，再组织人把鱼尾板卸下来继续拧到前边去。

大家就这样一段一段地往前铺过去。

1993 年 12 月 23 日，铁三局已经离霸州不远了，如果按照预定计划干下去，他们应该还有 8 天，这已经不宽松了。

但这时，大家却突然接到局指挥部的命令：

3 天内必须铺进霸州。

大家一听全愣了，铺轨可不是拔起腿来就跑着走的，何况还要架桥。但没有办法，大家只有拼命干活。

铁路上的人都说：

铺架工人三件宝，草袋饭盒破皮袄。

这是因为，铺轨的时候，工人们跟着钢轨越来越远，根本不可能再回驻地吃饭，所以饭都是由专人专车运到工地上来的。

火车送完饭就返回去，这一来一去，少则几十分钟，多则一两个小时，大家就全带个草袋子，往地上一铺，再用破皮袄往身上一盖当被子，抓紧时间就地睡觉。

1993 年 12 月 26 日，距离许昌龄和那几个人对话的

1993 年 7 月 25 日，刚刚过了 5 个月时间。

霸州的清晨显得寂静又神秘，但当地的人们清早起床时，谁也没有想到，一辆披红挂彩的火车头突然出现在霸州那刚刚破土动工的火车站外。

司机拉响汽笛，整个霸州的人都在这一刻听到了京九铁路上火车的汽笛声，从此，霸州结束了没有铁路的历史。

铁路进入霸州以后，当地政府联合铁三局召开了一个庆典大会。

线桥总队的工人们奉命全部参加！

大家洗了脸，把胡子刮干净，都穿戴整齐，喜气洋洋地排队去参加庆典。

庆典大会很快就开完了，当地政府又热情地请大家去参加宴席，结果竟没有一个人去。因为大家都太累了，一个个就地躺下，酣然入睡了。

饶阳县位于河北省东南部，地处冀中平原滹沱河畔，总面积 573 平方公里，辖 4 镇 3 乡，197 个行政村，总人口约 30 万，北距京、津均 240 公里，东临秦、唐、沧开发区，西距省会石家庄 110 公里，交通十分便利，京九铁路饶阳站毗邻县城。

正是 6 月雨季，从霸州到饶阳，雨水把工人们千辛万苦筑成的路基瞬间就毁得面目全非，有些路基甚至被冲成两米宽的水沟；有的路基被雨水泡软了，大型铺路机械根本无法通过。

线桥总队开始了全面动员。这时，他们在河北三河县的基地里，已经没有一个成年男人，男人全部上了第一线。

铺轨到肃宁的时候，工人们的宿营车也跟着推进到了肃宁。

当地有个卖香烟的小贩发现铺架工人们出手很大方，一次都买很多的烟。于是这个小贩当天一大早就在宿营车门口支摊，这一天他果然卖出很多的香烟。

小贩就这样满怀希望地等工人们收工，他想再卖些，可是他一直等到天黑了还不见人。到了下半夜两三点了，他估计再不会有希望了，这才收摊。

第二天一大早，小贩又继续来这支摊，可是这一天他从早等到天黑也没有看到工人们的身影。就这样他一连等了好几天，终于忍不住了。

小贩就跑去问留守的后勤人员："哎，你们这些工人到哪里去了？调走了？"

留守人员告诉他："怎么会调走？现在都在工地上干活呢？"

小贩更加奇怪了，说："这干的是什么活呀，怎么一出门就再不回来了？"

铺架接近饶阳的时候，正是农闲时节。大家发现，有个老大爷寸步不离地跟着铺轨机看。

大家问老大爷干什么，老人家说，他从来没有见过铁路铺轨，觉得新鲜，所以闲着没事看看。

老大爷白天看了一天，回去吃了晚饭又回来看。他发现工地上干活的还是白天那批人，竟然没有换。一直看到半夜，老人熬不住了，就回去睡觉。第二天一大早他又回来看，这下他可真纳闷了，干活的还是那批人。

一连看了3天，全是这批人！

老人忍不住了，走上前去问："哎，你们怎么不回去睡觉呀？"

工人们告诉他："工期太紧了，不能睡觉。"

老人心里替工人们感到不平，他说："你们领导是怎么回事，怎么能让你们这么干？"

当天，老人把自己家里的房子腾出了两间，他到工地上找到工人们说："来，我们家有空房子，你们轮换着来睡，放心，我不会向你们要钱，我这是自愿的。"

1994年7月17日，连日大雨把路基泡软了，小白河特大桥的路基左侧突然塌陷，造成架桥机意外地翻倒。

周洪书当即打电话给工程一队队长王洪祥，命令他带领一队的人用最快的速度赶到现场。

王洪祥带领一队的人很快全部到来。

抢险非常紧张而艰苦，刚开始，由于运输困难，工人们吃饭都不得不限量，而且，大家在酷暑中根本也没有多大食欲。

周洪书已经整整9天9夜没有睡觉了，他现在还坚持在现场。他的脚肿得连鞋都套不上了，于是就穿着拖鞋。熬到最后的几天，周洪书觉得自己的头晕乎乎的，眼皮也干得难受，甚至走路也有些摇摇晃晃的。

周洪书请当地农村的老乡搞来两块冰块，用毛巾包住缠在头上，让自己打起精神来。

那些天，几乎所有原来熟悉周洪书的人见到他，都认不出他来了。

工人们把一根根枕木往路基上扛，又清理掉路基上的软土，往上面加垫沙子。整整 300 多人，形成一个声势浩大的抢险现场。

有一天，工人们一直干到 5 时，队长命令就地休息一会儿，话还没说完，大伙就东倒西歪睡下了。

队长让他们找个不太潮湿的地方睡，可他喊了半天，根本没有一个人理他。他用手去推，大家也没有一个应声的。

7 时整，早饭送来了，队长喊大家："起来了，都起来吃饭！"

他一连喊了十几声，没一个人起来。

最后队长只好动手硬拉，可拉起了这个，那个又倒下睡着了。队长一连拉了十几个，竟没有一个人去吃饭。

大家都是一种回答："不吃，不想吃。"

8 时，抢险的材料运送上来了，队长大喊："起来，干活了，大家都起来。"

这一声真管用，虽然大家依旧有些迷糊，但却一个接一个地从地上慢慢地爬了起来。然后，大家就用手抓起筐里的馒头和鸡蛋，一边往嘴里塞一边向各自干活的位置走去。

周洪书看到这里，流下了泪。他对大家说："弟兄们，你们这样干活儿，叫我说什么好呢？我求你们，大家多吃点，要是你们累出个三长两短，我可怎么向你们的父母家人交代呀！"

在铁三局的工地上，大家听到了这样的民谣：

> 困了嚼根辣椒，
>
> 累了抡会儿铁锹，
>
> 饿了啃口面包。

大家由于各种情况，往往无法按时吃饭，甚至经常中午的饭要到晚上才能送上来。

当饭一到，大家已经饿极了，于是蜂拥而上，抓起就吃，甚至好些人因为吃得太快，自己究竟吃了些什么也不知道，于是又有了这样的说法：

> 黑天和白天一样，
>
> 吃饭和打架一样，
>
> 干活和老虎一样，
>
> 领导说话和板上钉钉一样。

中铁三局在实际工作中，结合施工生产实际情况，还提出了创优管理办法，逐步建立起质量自控体系，干部职工在工程质量创优中自觉寻找自己的位置和最佳"结合点"，把各种行之有效的活动融入质量创优中去，形成了科学的工作思路，促使质量创优工作逐步走上标准化的轨道。

架设孙口黄河大桥

1993 年 2 月至 1994 年 6 月，京九铁路衡水至聊城段卫运河特大桥修建成功，然后铁路继续一路南下。

铁三局京九衡商段的铺架是从商丘铺到北端的 585 公里处。

京九铁路过衡水向南 80 公里，就到达了清河县，之后进入鲁西北。从东昌再向南，就是阳谷县城。

1991 年 9 月 5 日，一个晴朗的上午，从山东省济南市驶出一列车队。

市民注意到，这个车队避开了繁华的闹市区，前面还有警车拉响警笛开路。细心的人心里明白，这车里坐着的不是一般人物。

中午，车队赶到梁山县，在梁山县吃完午饭，就继续往前开，一直开到河南省的台前县，开到黄河边。

黄河北岸的荒滩上已经搭起了一个临时主席台。车队一到这里，就慢慢地停下了。

车门打开，国务院副总理邹家华从里面走了出来，紧接着，国家计委副主任叶青、铁道部部长李森茂、铁道部副部长孙永福、山东省省长赵志浩、河南省省长李长春、安徽省副省长吴昌期、湖北省副省长徐鹏航、河北省副省长宋叔华等也陆续从车里走出来。

京九铁路孙口黄河特大桥开工典礼，在刘邓大军渡河处隆重举行。

孙口乡在台前县城 10 公里的黄河北岸，是当年刘邓大军强渡黄河的一个渡河点。

1947 年夏，刘伯承和邓小平在孙口村前的渡口登上"爱国者号"渡船，突破黄河天险，从此，孙口渡口被人们亲切地称为"将军渡"。

当年亲自运送大军渡河、已经耄耋之年的王怀信老人，描述起当时的情景时依然激动不已："我是 1 号，曾司令让我的船当先锋队，河对岸的国民党军队还没有退却，俺五个使的小船，那时 8 点钟左右，天刚昏黑，让 1 号先打头一趟，到河对岸探听一下敌人的情况，战士们下船后，端着枪，一溜小跑，往庄上去，见面就打，吓得他们都窜了。"

为了加快老区的建设，尽快让老区群众脱贫致富，1973 年河南省交通厅委托范县县委在刘邓大军渡河的地方修建了黄河码头。京九铁路动工兴建后，这里又一次成为世人瞩目的地方。

典礼开始了，宣布京九铁路黄河特大桥正式开工。

邹家华代表国务院讲话。接着，他又为开工剪彩，当时鞭炮齐鸣、彩球飘飞，现场气氛非常热烈。

京九铁路孙口黄河特大桥投资 2.5 亿元，国务院副总理邹家华亲手为孙口黄河特大桥开工按动电钮，把地处僻远地区的台前又一次推向经济建设的前台。

会议结束后，邹家华等领导在那块标着"孙口渡河口"的石碑前合影留念。

当天晚上，中央电视台、中央人民广播电台等新闻单位就向全国、全世界播发了消息。

其实，京九铁路上排在首位的桥梁工程，无疑要属九江长江大桥了，但九江长江大桥早在 1973 年便已经开工修建，尽管中间经过了一些周折，但在黄河大桥开工时，九江长江大桥已经巍然屹立在长江之上了。

大家原来以为，在长江和黄河上修桥都是一样的，但事实却并非如此。因为，几乎每一座桥都有自身的特殊性，每一次建桥都是一次新的科技攻关。

长江一年四季都有很深的水，建桥时可以永远有足够的水量，也就可以随时用铁驳船来保证施工。而黄河是条多变的河，它几乎每个时段都会发生变化。

大桥局的工程技术人员经过慎重研究，最后决定在黄河特大桥上采用栈桥施工。就是在即将建造的黄河大桥身边先建造一座与之并行的简易桥，这样施工人员可以沿着黄河大桥工地分布，把材料运往各个桥墩桩位上，机械就可以依照施工的需要架设了。

1992 年 4、5 月间，黄河几乎是干涸的，人们卷起裤腿就可以涉水而过。这样，在还没有打下桥桩之前，就无法用铁驳船运送材料施工。

工人们针对这种情况，用高压水龙头强行冲开铁驳船身上的沙土，让它身下出现足够的水量。

大家费了千辛万苦，栈桥终于顺利修建成功。

1993年2月，正是中国的农历春节期间，西伯利亚上空的寒流进入我国北方，黄河滩上的气温一连多少天都在零下20多摄氏度。

河水很快就结成了一块块的冰凌，小的像砖头，大的和篮球场那么大。河水挟带着冰凌，冰凌推拥着河水，从落差很大的上游一路澎湃而来。

冰凌撞在刚修起的栈桥上，发出巨大的声响。短短几天时间，冰凌就把4根直径达0.55米的钢桩撞断了。

桥工们紧急采取措施，在栈桥的每根钢桩上都焊起了钢铁尖锥，这些尖锥可以把迎面汹涌而来的冰凌刺碎，减小冰凌对桩体的撞击。

大桥局副局长王燮培是这场建桥大战的总指挥。按要求，孙口黄河特大桥1996年建成通车。王燮培当时精心计算过，肯定没问题。可是铁道部从京九铁路全局考虑，决定提前到1995年7月31日通车。

1993年4月，铁道部部长韩杼滨亲赴京九铁路各重点区段现场办公，解决了建设黄河大桥资金紧张和物资供应困难两大难题。

4月12日，王燮培陪同韩杼滨视察大桥工地。

韩杼滨说：

> 我算了算，京九线的形势是两头并进，八省市都看着黄河。黄河通，京九全线通。你们

这里的工作意义巨大，将得到一个历史性的评价呀！

接着，韩杼滨就问王燮培："你们准备让大桥什么时候开通？"

王燮培肯定地回答："请部长放心，只要资金到位，我们保证按时开通。"

韩杼滨笑了笑，然后接着问："你说的'按时'，是按什么时候？"

王燮培不解地回答："当然是 7 月 31 日。"

韩杼滨立时坚决地说："不行！不能拖到那时候。我告诉你，现在形势非常逼人，越来越逼人。不能到 7 月份，一定要想法再提前，哪怕提前一天也是好的。"

王燮培当时就愣住了。因为他心里非常清楚，按照目前的进度，提前不是没有可能，但是问题在于，这是一项大工程，需要上万人协同作战。仅靠二处和四处的工人们大干苦干是不能解决问题的。

还有物资供应方面的问题，比如钢梁。黄河大桥上使用的是我国建桥史上首次使用的一种新型梁，制造这种梁所需要的钢材至今还没有落实。

王燮培想到这些问题，一时不敢保证了。但不管怎么犹豫，王燮培从韩杼滨的话中，也看到了形势的严峻性。

于是，在韩杼滨走后，王燮培就下达了紧急命令：

"抓紧时机，争分夺秒，大桥建成务必提前！"

王燮培还面临着一个水中墩如何施工的问题。建桥最重要的是建桥墩，孙口黄河大桥一共需要建5座水中墩。按照原来的计划，大桥指挥部计划先在水中施工3个墩，等这3个墩建成以后，不规则开挖其余的两个。

但是，随着形势的变化，大桥通车的时间大大地提前了，这就迫使指挥部不得不改变策略，赶紧拿出新的施工方案。

王燮培召开紧急会议，商量水中墩的施工方案，他清楚：如果不把5个墩同时开工，那就无法保证1995年大桥开通。但是如果5个水中墩同时开工，势必要承担极大的风险。

大家明白其中的原因，水中墩必须抢在枯水期建造，但枯水期只有很短的时间，如果集中兵力在这段时间内先解决3个，那就没有问题。但如果同时建造5个墩，就势必分散了兵力，很可能汛期来临时，这5个水中墩都处于半成不成的状态，这样，整个大桥的建造将陷入极大的困境。

那几天，王燮培和大桥指挥部综合分析了各种有利和不利的因素，设想了各种可能遇到的问题。经过再三权衡，他们最终决定：5个水中墩同时开工！

建造水中墩，首先需要的是墩的地下基础。在黄河上，基本没有坚硬的岩石，只有一堆泥土，这就必须找到一些方法，让并不坚硬的泥土也同样能承担起托载桥墩的重荷。

大家面临这样的问题，必须先在水下建造沉井。利用沉井的浮力，在上面建造桥墩。而且沉井埋得越深，它的浮力就越大。

建桥人员利用黄河枯水期，开始往河床下打沉井，1993年3月下旬，所有的沉井都已经在各自的位置上相继落入河床。4月下旬，所有的沉井分别下沉到10至20米的位置。

王燮培和他的指挥部清楚，这是最危险也是最令他们担心的时刻。现在，如果沉井再继续下沉，下沉到30米或40米的安全位置，那就一切都放心了。不管河床上有多大的洪水，都无法撼动已经深深埋入河底的沉井。

可王燮培他们也知道，现在沉井还处在立足未稳的时候，这时一旦洪水冲过来，就会把沉井冲走，单纯冲走还不是问题，但假如只是把沉井冲倒、冲歪了，庞大而沉重的沉井不仅不能作为桥墩的基础，而且会成为一种极难摧毁也极难摆顺的巨大障碍物。那所有的辛苦就会前功尽弃，只得重新变动大桥的设计，或者重新选择桥的走向或桥址。

王燮培和指挥部成员紧急商议，下达命令：必须赶在6月20日汛期来临之前大干50天，力争把沉井打到预定深度。

二处和四处全力响应，立即召开了动员大会。

那一阶段，大桥建设者们日夜不停地苦干，将每月下沉两节沉井的纪录刷新为每月3节。

1993年4月，正当几座水中墩的沉井都下到或即将下到预定的安全深度的时候，9号墩的沉井却突然再也不下沉了。

刚开始，工人们并没有太紧张，因为他们知道，黄河河床虽然是泥土，但这种泥土在固结以后，有时会比岩石还要坚硬，那么沉井不下沉是正常的。

工人们采取了用高压泵猛吸沉井四周的泥沙的办法，他们以前遇到类似的情况都是这样做的。

果然，泥沙被一层层地吸上来，沉井四壁很快出现了沉井下沉的空隙。

但是，沉井的一侧虽然继续下沉了，但另一侧却不知道怎么回事，一直不动。

大家继续对另一侧采取措施，仍然没有什么效果。

大家整整苦干了10天，但沉井却丝毫没动，而且现在是一种倾斜状态，这比单纯的不下沉情况更糟。

这时，大家考虑到，必须查明水下的情况，然后才能采取相应的措施。

大桥局四处潜水班潜水工叶雷主动提出，让他第一个下水查看。

叶雷戴上铜制的大头盔，穿上笨重的潜水衣，脚下穿了重达20多公斤的铅鞋，然后再在身前身后背上30多公斤的压重铅块，顺着下潜绳慢慢朝沉井下潜入水中。

叶雷在浑浊的黄河水中，眼前先是一片模糊，然后由于光线被沉井四壁遮挡住，眼前就是漆黑一团了。

没有了光线和声响，叶雷觉得好像进入了恐怖异常的地下世界。但凭着多年的经验，他稳定着自己的情绪，慢慢地下到水底。

叶雷为了防止双脚陷入淤泥，他一边爬行一边用手仔细地摸索。

终于，叶雷的手碰到了一件硬东西，他的心里不由得一阵激动。但很快他就失望了，这只是一根定位桩，它并不能阻挡沉井的下沉。

叶雷继续向其他地方摸索，他从沉井的中心向四周边角摸。

这时，叶雷已经感到有些头晕胸闷了，因为盔甲的重力、淤泥的吸力、深水的压力等，这一切都在压迫着他。叶雷强忍着身体的难受，又继续向前摸索。

这时，叶雷的手又碰到了一个三角形的坚硬物体。他耐住性子，仔仔细细地往下摸，这个坚硬物体的 3 个边都有两米多长，平面上有一根圆桩，还有一块盖板。

叶雷猜测着：这到底是什么东西呢？木头？房子？都不是，但千万别是炸弹啊！也不是。天哪，竟然是一条船！

叶雷长长地出了一口气，他开始向水面浮去。

水面上所有的人都在焦急地等待着叶雷的消息。他刚一浮出水面，大伙立即一起上前，将他拉上来，摘下头盔，然后就异口同声问叶雷："怎么样？""摸到什么了?""到底是什么东西?"

叶雷没有回答,深深地呼吸着新鲜的空气,等了一会儿,他才看了大伙一眼,说:"摸着了,很像是一条船。"

四处指挥部立即采取紧急行动,大家考虑,叶雷说像是船,但到底是不是船,如果真是船,可以在水下实施切割。假如不是船,那还要采取其他措施。

指挥部马上派出人到当地水文站以及附近村落探访,确定以前这里有没有沉船,黄河上使用的船都有哪些样式,钢板有多厚,甚至船上用的是什么型号的钢材,等等。

探访人员回来汇报,说情况与叶雷在水下探索到的情况一致。

为了慎重,老潜水员杨慰中决定亲自再下一次水,摸摸情况。杨慰中很顺利地将情况摸清了,他很快就从水底上来,对大家说:"不错,确实是条船。"

接下来就是水下切割船的工作了。大家都知道,水下作业本来就危险,现在要在沉井的刃锋下切割沉船,那就更加危险。因为沉井内外压力不一样,井外面的水很容易从井底翻上来,将水下作业的人埋在下面。而且,沉井自身的重量有 2000 多吨,如果在切割沉船的过程中,沉井突然下沉的话,就会对水下作业的潜水员的生命构成极大的威胁。

5 月 20 日,8 名潜水员冒着危险轮流下到水底,切

割沉船的工作正式开始了。

由于是在沉井的下面进行作业，大家只有很小的活动空间。潜水员再加上身上所带的潜水设备，大家就只能尽量缩小活动范围。他们跪着、躺着或者趴在沉船旁，把切割刀架在左手拇指和食指之间，或者架在手背上。每一个切割的动作都很困难。

另外，由于水下是漆黑的一团，大家什么也看不见，只有凭着手上的感觉来慢慢地进行。一根割条最多只能切割 20 厘米左右，钢板是大小不一地被切割下来，七歪八扭地斜在一边。有时碰到沉船被泥沙埋在下面，还必须用高压水枪把沉船冲洗出来再进行切割。

有一次，任金学正在水下切割，突然，他发现自己脚下的泥沙正在向上涨。任金学赶紧把情况向上面的指挥人员报告。

水上指挥的是老潜水工丁吉祥，他马上指示任金学："有什么情况随时报告。"

丁吉祥话音未落，就听到任金学大声喊："泥沙已经埋到我的膝盖了！"

丁吉祥马上意识到情况不妙，他赶紧指示任金学："你马上上来！"

任金学紧急浮到水面，他刚爬上潜水梯，大家就听到"轰"的一声巨响，大水一下子就把沉井溢满了。

6 月 8 日，沉船在沉井下沉的部分只剩下最后的一小块，却正好卡在沉井的刃角下面，船板被沉井巨大的重

量压得咔咔直响，似乎随时都会断裂。

大家都知道，这是接近胜利的时刻，但也是最危险的时刻。

杨慰中又一次穿上了潜水衣，他说："我快退休了，这次机会大伙就让给我吧！"

大家都不同意，因为杨慰中几十年来，在十几座很有名的大桥下都进行过水底作业，同时也患上了潜水职业病，他的股骨里带有无菌性骨坏死的病灶。他已经不宜再下水了。

尤其这次，在这种紧要关头，大家都不同意他再下水。

杨慰中笑着对大家说："怎么啦？大家看着这是立功的好机会，都不愿意让给我？"

大家还是不同意。

杨慰中接着说："谢谢大伙了，不过说真的，还是我下去比较好，因为我在武汉长江二桥、南京长江大桥上都潜过水，干这活干了一辈子了。这次，只有我下去最保险。"

大家没有说服杨慰中，只好帮他仔细地做潜水前的准备工作，一遍遍地检查他的供气管、头盔和所带设备。

杨慰中等一切都准备好了，从容地走下潜水梯，并随着一串串泛出的气泡在水面上消失。

大家焦急地等待着，潜水医生注视着手里的计时表。

10多分钟过去了，大家都耐不住了，他们通过报话器叫着："杨师傅，上来吧！"

又过了 10 多分钟，杨慰中还没有上来。这时，大家再也沉不住气了，一边大喊"杨师傅，快上来"，一边就有几个青年人已经穿好潜水衣，准备下水。

这时，杨慰中慢慢地上来了。他终于排除掉了最后的一块沉船，然后又沿沉井仔细地检查了一遍，才放心地浮上来。

1993 年 10 月 5 日，二处负责修建 7 号墩。大家即将向落入河床的沉井中灌注混凝土，灌注完毕，就说明桥墩要封底了。

在封底之前，潜水员都要到水下去检查一下沉井的沉落是否合格，还要看看河床的底面是否平整，沉井下还有没有对沉井造成障碍的超过标准的其他物体。

17 时，潜水员李福祥、万双喜和周超在水下轮流检查。

20 时，轮到郭建林下水了，水上指挥的是老潜水工庞国江。

庞国江看着郭建林慢慢潜入水下，他在水上全神贯注地守着报话机，随时与郭建林保持联系。

过了一段时间，庞国江没有听到郭建林的声音了，他急忙问道："小郭，你怎么样？"

郭建林回答说："我感觉头有点儿晕。"

庞国江知道，所有的潜水员都经过了认真的体检，身体都是相当棒的，不过他们在水下的身体有一点点的不适，都必须引起高度警惕。

庞国江立即对郭建林说："小郭，你先不要动，休息一下再看。"

庞国江紧张地又等了两分钟，他又问郭建林："现在怎么样，好点儿了没有？"

郭建林回答说："不行，感觉头还是晕的。"

庞国江回头看了医生一眼，医生点了点头，庞国江命令郭建林："小郭，立即上来！"

郭建林可能是因为身体不适，忘了按规定的每分钟不得超过 7 米的上浮速度，而是不顾一切地迅速浮了上来。

郭建林当时下到的是 48 米的深处，压强特别大，如果按这个速度突然冒上来，他的肺部会由于气排不出来而爆炸。

郭建林没有想到，他猛地被沉井模型板壁上露出的钢筋头挂住了。顿时，他的身子翻转了过来，整个头朝下倒挂着了。

工地潜水作业使用的压缩空气是浮在潜水衣的上部的，当潜水员保持着身躯正常的上下位置时，他可以呼吸到空气，但这时，空气就到了身体的下部，郭建林不仅呼吸不到空气，而且无法做任何动作了。

庞国江听到郭建林喊了一声："我头朝下了！"他顿时吓出了一身冷汗。

庞国江看不到水下的情况，但凭着多年的潜水经验，

他知道接下来将会出现什么情况。庞国江急忙问道："头盔进水了没有？"

郭建林说："进了。"

"能不能自己把身子顺过来？"

但庞国江只听到好像郭建林"哼"了一声，然后就听不到任何声音了。

庞国江大声喊："小郭，小郭！喂！喂！"

但始终没有任何声音。

岸上所有人的心一下子全提到了嗓子眼。

庞国江大吼一声："快拿来！"

所有的人都清楚庞国江要拿什么，于是很快就把第二套潜水衣搬到潜水平台上来了。

庞国江用最快的速度穿好了潜水衣，按规定，水下作业由于温度低，潜水人员都要穿上毛衣毛裤，但庞国江只穿了一件衬衣，就把潜水衣套在身上，然后二话没说就下水了。

大家都紧张地看着他，无数双眼睛都盯着水面。夜晚的黄河上漆黑一团，冷风飕飕地划过人们的脸颊，大家都紧张得浑身直抖。

庞国江下到水里，完全是凭着经验一点一点地向水下摸去。这半夜的黄河水下，更显得阴森和恐怖。

庞国江一直摸到水下 28 米处，才终于摸到郭建林的脚。果然，他整个身子倒悬着，在那里一动不动。

庞国江没有立即动手，而是顺着郭建林的身体一直摸到他的头部，用手拍拍他的头盔，这是告诉郭建林，不要慌，已经有人来搭救他了。

但郭建林已经失去了知觉，他没有任何反应。

庞国江迅速弄清郭建林倒悬的原因，很快，他就摸到了井壁的钢筋头，上面缠着郭建林的导气管。

庞国江小心翼翼地把管子从钢筋上摘下来，然后把郭建林轻轻一推，郭建林由于潜水衣里充满了气，他就像一只皮球一样，"忽"地一下就蹿到水面上去了。这把庞国江吓了一跳。

好在这里距水面不算太深了，否则只这一下，就会要了郭建林的命。

二处指挥部副指挥长马国栋亲自在上面坐镇，他先用电话与二处指挥部机关联系，要求他们用最快的速度送两瓶氧气到现场，救护车同时马上开过来。

郭建林一浮出水面，大家立即把他捞起来，为他脱去潜水衣，只见他脸色苍白，双眼紧闭，已经休克了。

马国栋早就安排好了一只吊篮，将郭建林吊上栈桥，因为潜水工作平台四周没有路。

救护车已经在岸上等着，吊篮一到，立即将郭建林抬上救护车，并迅速向医院驶去。

大家这时才回头为水下的庞国江收信号绳，收潜水胶管。否则，庞国江无法自己上来。

经过整整一夜的治疗，到第二天的 8 时，郭建林才总算脱离了危险。

在修建孙口黄河特大桥的过程中，台前县的人民仿佛又回到几十年前那段难忘的时光。

一些当年参加渡河的老船工更是激动不已，建设中，有的亲自上阵，带领子孙挖土运料，有的腾出自己的房屋，有的让出自己的宅基地，伐倒自家的树木，为铁路和大桥建设让路。

在老区人民的无私支援下，1995 年 5 月 20 日，大桥建成剪彩。

攻克武九段软土层

1994年3月初，铁四局开始攻克京九铁路武穴到九江段22.5公里的软土地段。

当年建造九江长江大桥时，一位高级设计师留下了忠告："从万里长江天堑的总体建桥布局看，大桥建在九江是合理的，但要在北岸的40多公里的软土地带修筑一级双线铁路大干线，施工将是一大难题。"

曾在高速公路修建中，对软土路基进行过成功探索的日本道路协会会长岩泽先生更是直言告诫：

> 因软土地层形成的原因、所处的地形和各种环境不同，其面积、深度、性质亦有明显差异，又因所修道路的规格、交通密度、载重量不同，施工难度无定尺。由此，软土地层对我们来说永远是谜，没有成熟的经验，只有不断地探索。

在长江天险的阻隔下，京九铁路阜阳至九江线在多次东西选线勘测设计方案的比选中，都无法摆脱这段令世界筑路人头痛的大面积软土地层。

当时大家认识到，如果全部建桥，造价太高；如果

用路基通过，其施工难度又太大。

担负设计任务的铁四院留下 15.725 公里作为试验路先期开工，余下的 22 公里软土路基，落在了国家十大建筑企业之一的中铁四局肩上。

这是一次攻克世界道路施工技术难题的战斗！

铁道部把软土路基列为全线施工的重点控制工程，中铁四局把软土路基作为全局施工项目的重中之重。

局党委书记李国瑞把工程作为自己的挂牌负责联系点。

首期承担施工任务的铁四局五处机筑二段职工，迅速展开穿越软土带的攻坚战。

铁道部为确保京九铁路在 1997 年香港回归祖国时正式运营，要求 1993 年开工的京九铁路阜九线，必须在 1994 年 9 月中旬完成下线工程，从南北两头铺轨。

软土路基地处阜九线南大门，修筑完工后还需要有半年的沉降固结期。

铁四局五处 1993 年 8 月底才拿到图纸，但是，中国铁路工程总公司给他们的工期卡死在 1994 年 6 月底完工。

这样，铁四局的工期仅仅只有 10 个月，而图纸上标明的工程量却很吓人：垫沙 24.6 万立方米，运到 40 至 50 公里外；填土 100 万立方米，运到 30 公里外；插排水塑板 98.6 万米；铺设沙层隔离土工 10 万平方米；建涵渠方桩与粉喷桩基础 8.8 万米。

机筑二段段长杨云龙曾作过统计：仅填土与填沙所

需要的土、沙量，用6吨的大型翻斗车拉，就需拉24.78万车，日平均到达工地的车辆有826车，其运距等于绕地球跑278圈。

上级各层领导纷纷到五处软土路基工地现场办公，他们嘴里用得最多的只有一个字："快!"

大家都明白，工期卡死无法留有余地，京九铁路晚一天通车，政治影响不提，仅国家造成的经济损失就上千万元。

然而，大家看到的软土路基施工规范上却明文要求："受软土沉降与位移影响，要保证工程质量，填筑速度越慢越好。"

由于此段软土层淤泥过厚，淤泥中的含水量排出速度很慢，未经排水的承载力压强极小，不能重压和超负振动。当排水塑板插入地层后，垫沙层上的填土每层只能25厘米，撒铺夯实后方可填筑第二层；6米高的路基要分15层填筑，且每填一层，都要测定路基的沉降与位移变化，若速度稍有过急或重压振动，破坏路基原有的稳定性，就会使深层的淤泥向左右流动，路基塌陷，两侧土地隆起，将造成今后铁路永久性危害，直接影响客货列车的行车安全和通过能力。

因此，工地监理对职工们用得最多的词则是："慢!"

尽管五处机筑二段的技术人员帮助他们加速定测，熟悉施工线路走向，进行复测贯通，做护桩，到县镇土管部门联系预征地，了解地质状况，进行了各种施工的准备工作，但没有图纸，大家有劲也使不上。

这样就只能等，这一等就是 4 个月，黄金施工季节白白地溜走了。

6 月上旬，五处和机筑二段多次派人赴武汉，仅取回了断面图。段长杨云龙急红了眼，大手一挥："不能再等了，局处领导要我们强攻硬上，咱们打破常规开工。"

这一决定，很快得到处领导的首肯。段施工室主任吕翥林连夜带领技术人员，根据断面图摸出蔡山段 9.25 公里的极地界、用地数量。

第二天，段领导与当地土管所、支援铁路建设指挥部、镇长、村长一齐出动，并动员上千村民沿铁路线一字摆开，挖地界沟，仅用一天时间就完成了征地工作。

老镇长看着这场面，感慨地说，就像当年百万大军过长江，老百姓推车挑担打增援一样，很少有这样的场面了。

紧接着，两天时间内，铁路与地方紧密合作，又完成孔垄地段余下的征地。

没有正规图纸，凭着断面图测量、定位，只有贯通后才能施工，难度可想而知。

测量完成后，机筑二段首先选择了路基站场比较集中、施工条件较差、上沙填土运输运距最远的蔡山镇，作为攻克软土路基的第一堡垒。

副段长刘加喜领着地亩定额管理人员和 11 名监理坐镇指挥，填沟、平地、挖涵、上沙，并布置了 7 台插塑板机、3 台粉喷桩机、2 台方桩打桩机和 8 台卡马斯大翻斗，各项施工在 9 公里的十几个点上同步展开。

技术交底，地亩交涉，工期要求，质量把关，相互协调，资料整理，工作环环紧扣，一项也马虎不得。

有一天，刘段长刚刚从胡下屋工点解决进沙车的便道问题转到王墩寨，他忽然看到地方上一辆拉沙车所拉沙子含土多，刘段长坚决不让进场，他说："这沙不能要，拉回去。"

刘段长刚把沙车堵回去，在挖土方的取土场又传来话，两村民干扰不让施工。他找到村长讲理、协调后，机械刚动起来，在胡桥进行粉喷桩施工的工点又告知水泥没有了。

太阳过顶，肚子咕咕叫。定额员朱先华拉拉刘段长的手："回去下方便面？"

这时，已经到 13 时了，他们住在当地老乡家，没有食堂，吃饭也没点，20 天他们 3 个人吃掉了两箱方便面、两大包榨菜。

吃着方便面，朱先华两眼发直。刘段长幽默起来："朱娃子，想新娘啦？"

愣神的朱先华顿时有些不好意思。原来，因为工作太忙，朱先华已经两次推迟了婚期，后来决定到工地结婚。

7 月 6 日，在广州打工的未婚妻吴辉娜接信赶回长沙，只有 3 天假的朱先华从工地赶到长沙已是 8 日凌晨，准备摆席的两家父母听说当晚就要走，理解了朱先华的工作很忙，流着泪给他送行。

9 日赶回工地的小朱，让新娘在孔垄段部打游击住，自己一头扎到工地，直到 16 日才租间老乡房，把自己的行李一铺，向同事们撒几把糖就算完婚了。

想起终身大事如此草率，朱先华总觉得对不起新婚妻子。

吴辉娜听了朱先华的话，笑了笑，但两眼中已经闪动泪花："坐火车觉得很方便，没想到修铁路这么苦。"

段长杨云龙负责软土路基和九江新客站两大重点工程的全面指挥，他患有严重的风湿性心脏病，全靠药物支撑着。

7 月底，杨云龙从蔡山工点处理完当地老乡要落地费的问题后赶到新客站，又与九江市支铁办领导协商征地搬迁问题。

此时，杨云龙已经累得无法喘气，突然心脏病发作，一头扎在工地上不省人事。幸好医生赶到工地抢救及时，醒过来的杨云龙把吊水针一拔，说："我的命大，没事。"又在工地上和大伙忙起来。

医生摇摇头，把药交给他身边的技术人员，并严肃地说："盯着他按时服下。"

8 月，各种图纸陆续到达工地。面对工期质量、技术的道道难关，四局人展开了一场与时间赛跑，同软土抗争的攻坚战。

处组织重点工程指挥部驻扎在工地上，代表处长全权指挥。处里每月在软土路基工地召开一次施工现场办公会，处领导必有一人到会主持解决各种问题。

处里还按倒计时算出了工作实物量，月初下达计划到各施工工点，月末检查落实，超额奖励，不足罚款，并且当场兑现。

路基土方施工全靠汽车的轮子转，而要满足大量的沙与土方运输，汽车便尤为关键。

软土路基经过黄梅县蔡山、孔垄两镇4乡17个村庄，乡村道路坑多路窄，还有水塘70余处、河沟8条。

机筑二段主动出击，在首先施工的蔡山段以"软磨"消除当地领导的看法，全面理顺关系后，以105国道和与线路平行的孔蔡公路为主通道，仅用一个月时间，先后开辟了王墩寨、田堡、胡下屋、胡桥等8个上沙点，形成了重车多口进、空车单口出的梳形循环道路，使沙垫层施工很快形成高潮。

他们边开道边进沙施工，仅此一月就上沙5万多立方米，插塑板12.6万米，开工涵洞26座，预制方桩1.8万米，填土2.8万立方米。

然而，任务量的艰巨与工期紧的矛盾，却像一块沉重的铅压在五处领导的心头。

从蔡山镇修便道向孔垄方向推进，在交界处有一段围湖造田的连绵稻田，9条10多米宽的大沟阻隔着便道施工的进程。

9 月下旬，在工地现场办公的处领导当即拍板：目前机械力量不足，填方数量太大，采取搭便桥通过，工期太紧，机筑二段力量不足，孔垄段由全处各段派人组织突击分割施工，打团体歼灭战。

一声令下，三段、四段、五段、七段、八段等单位，在软土地带的路基、桥涵各工点迅速拉开会战序幕，各段的主要领导都在前沿阵地当领工员。

机关各科室为前方服务，上报各处的各种问题和困难，必须在 24 小时内解决或答复；预制、打桩、立模、上沙、填土全部实施 24 小时倒班交叉作业，人休机不停。

指挥部同时引入地方 190 多台套机械设备参加大会战，力争年内完成 70 万立方米的土方任务。为此，五处还专门拿出 40 万元作为大干 120 天的奖励基金，激励职工们的斗志。

但是代价是巨大的。五处在孔垄段修筑长达 10 公里的纵向便道就耗费 80 万元，而 22.5 公里软土路基要修便道 50 公里。便道上铺满大块的片石，重车一压旋即无影无踪；一场雨过，车行便道如掉进烂泥塘。

冬季雨水少，是机械土方施工的最佳时机，被筑路人称为黄金季节。然而，老天爷似乎有意要和筑路人较量，从 1993 年 10 月至 12 月中旬，工地雨雪天多达 59 天。

软土路基工地泥泞一片，送运沙土的汽车纷纷在便

073

道落陷，工人们不得不用推土机、拖拉机牵引到路基上。

暴雨中，无法进行土方施工的十几支地方车队纷纷离去。说起软土施工，个个直摇头。

五处将能调集的自用车辆全部集中于孔垄，仍是杯水车薪，按工期与实物工作量倒计时的软土带工程进度严重滞后，形势十分严峻。

中国铁路工程总公司当即在全国铁路施工战场调集三局、一局、五局的车队增援铁四院试验路基地段抢运土方，留给四局的只有一句话："相信四局有能力自己克难制胜，完成填筑任务。"

总公司的这一举动，无疑是给四局的又一个压力。

铁四局局长张玉琨当机立断：

> 软土路基列为全局工程重中之重，各处要派最好的车辆、最得力的干部增援，务必决战决胜。

工程挂牌负责的铁四局党委书记李国瑞，蹲守工地调兵遣将，先后组织五处 8 个段、全局 8 个处的精锐之师及最好的车辆、设备，迅速在软土路基展开更大规模的会战。

一时间，横贯湖北黄梅境内的 105 国道上车水马龙，拉沙载土的汽车首尾相接，川流不息。

一位老农由衷地感叹："这阵势，比当年解放军渡江南下，摧毁国民党长江防线的阵势还大。"

这是一场攻坚战，也是一场背水之战！

在这场艰难困苦的战斗中，铁四局人创造出了"不畏艰难，顽强拼搏；依靠科学，优质高效；团结协作，无私奉献"的"孔垄"精神。

八方将士云集孔垄，各单位不计代价，不讲条件，要人调人，需物供物，缺设备调设备，同心协力地支援着孔垄。

他们一赶到工地，就依路傍水扎寨，支锅煮饭，顾不上迢迢千里的路途疲劳，又驾车颠簸在工地上。

建设者们经过调查，认为路基填土运距比较远，他们因地制宜提出了远近结合的方案，取土场由一个变成了7个，分流了运土的车辆，狠抓修筑便道和养护，从一条通道变成3条通道，为增援车队和远运土全面开花打开了通路。

各参战单位还采取远运红土，加厚沙垫层，以沙代土，以卵石代土等办法，解决了软土怕水和雨水天施工的难题，使施工24小时全天候不间断，很快形成了平地填土、上沙、插排水塑板、打粉喷桩、压方桩、高层填筑的交叉作业和盖板箱涵、框架涵、顶进涵、圆涵穿插施工的格局。

比深圳人更早喊出"质量是生命"的铁四局人，从铁道部派出强大的监理队伍，从复杂的施工工艺和监理口中不断强调的"慢"字中，知道软土质量的分量。

筑路人用"烂肚皮""肠梗阻"形容路基的永久性危害，也只有他们最懂得其中的利害。

软土路基一旦出现烂肚皮，整个大京九就会因此而影响运输能力，使大动脉运行不畅，很多人都有坐火车在铁路线上隔阻难熬的经历。若是铁路大动脉阻隔一天，其损失就达100万元！

干部、技术人员天天必念的是：百年大计，质量第一。

为保证软土路基满足一级铁路干线的重载负荷，工程技术人员对软土施工新技术进行了不懈的探索，成立软土施工科研试验组，对塑料排水板、土工布、粉喷桩等国际先进复杂的工艺进行试验比较，提出了采用沉降、稳定处理相结合，垫沙层与垂直排水双管齐下的交叉作业法，既能保证工程质量，又能适应大兵团会战，加快工程进度。

软土路基施工最怕重压振动。原设计施工时先填沙10厘米，然后插排水塑板，再填沙10厘米。这样施工，机械设备第二次填沙时不仅在已填沙层上行走不便，而且会压坏插塑板，造成板内孔隙堵塞而无法排水。

五处工程技术人员提出一次铺沙20厘米，打完插塑板后从路口一层层把土填过去的施工法，既可保证行车，又压实了地面，加速了淤泥排水，减轻了对底层淤泥的振动，受到设计单位的好评。

为了保证工程质量，五处机筑二段段长把篮球场上人盯人的办法用到施工上，先后组织了8套人马分项负责施工质量，做到每次分步工序有施工记录，完工有认定签字。段施工室编制出8章16条施工规范准则，下发到各施工点负责人和监理手中，按章施工、检查、验收。

各承包施工单位完工验收计价时，不仅要由民办室核准进度和实物工作量，材料室核准消耗费用，财务室算清账目，还需要由施工室进行现场质量、多项资料的检查认定。

五处重点工程工作组和阜九工程指挥部也派出经验丰富的工程师，每天奔波在工地上。

夜深了，田野里流萤相戏，蛙咕蛐鸣，仿佛在为夜战的筑路人歌唱。

此刻，进行基底处理的施工正在紧张进行。基底处理不仅要铲平沟坎，清除稀泥，夯实换填土，还要按4%做出双面排水坡，坡脚和桥涵接口不得留有非渗水性土壤；铺沙至0.6米后，插排水塑板要放桩，保持料面尺寸在100毫米×4毫米，纵通水量不少于25立方米/秒，沙上填土，每0.25米1层，必须撒铺，标高误差5厘米，夯压密实95%，要达到这些非一般路基施工的高标准，白天施工都极不容易，何况是夜间。尽管探照灯、车灯一齐开，边干边测量边核对，也没有人敢马虎。

在国家重点工程宝中铁路指挥施工中立下汗马功劳的五处副处长程聚生，在孔垄工地坚持和工程技术人员一道攻关。他要求施工中坚持薄填撒铺的同时，采用反向倒填法，填土边向前延伸边重车压实，再用压路机压，既保证了路基的密实度，又加快了基底淤泥的排水和固结。

线路中的86个涵渠缺口填方，在其混凝土达到强度后，他要求用粒径小于15厘米的填料从侧面同时分层对称回填，以保证质量。

在现场检查的铁道部铁道科学研究院阜九线南段工程质量监理组组长娄安金跷起大拇指说："你们四局过得硬，施工质量在整个软土路基施工单位中最好！"

铁道部领导对软土路基的施工也一直挂在心上，1993年9月11日，中国铁路工程总公司负责技术的副总经理轩辕啸雯前来检查阜九工地南段。

当时细雨绵绵，道路泥泞，陪同检查的铁四局局长张玉琨怕车陷泥道，打算不去蔡山软土路基工地。

轩辕啸雯却口气坚定地说："下刀子也要去，这里是我的一块心病。"

当几位领导来到工地，看到运沙的汽车、拖拉机冒雨川流不息，插塑板机、粉喷桩机隆隆轰鸣，垫沙层已形成相当规模，处处呈现出热火朝天的气氛时，他们激动得赞不绝口：

"开工这么晚，行动这么快，干得这么好，真没想到；每个参战单位都这么干，大京九铁路何愁不能按期竣工。"

10月中旬，铁道部政治部主任蔡庆华，利用在九江市召开全路重点工程思想政治工作经验交流现场会的机会，不上庐山，却要到软土路基现场看看，而且说去就去。他说："不要和现场打招呼，我要突检。"

蔡主任踩着稀泥，打着雨伞，看到汽车还在夜幕中拉土，听到打桩机、粉喷桩机的隆隆声，看到部分成型的软土路基和框架涵预制钢筋笼上挂着"已查"的质检牌时，连连点头，说："这样干，铁四局大有希望。"

1994年农历正月初二，铁道部副部长孙永福专程到软土路基工地向奋战在工地的工人们拜年慰问，看到工地上有一副新的对联：

　　干快活，是慢活，快不得慢不得，慢中求快；

　　攻软土，打硬仗，软不得硬不得，克软成硬。

孙永福问其中的含义，陪同部长的五处处长谭军山乐了，他解释说："软土路基施工时间紧，质量要求高，外部干扰大，所遇困难多，的确是要慢慢不得，求快快不成，打硬仗要'软'功夫融洽地方关系，克'软土'要有不畏难的硬骨头精神。"

听到这里，孙永福高兴地说："我给你们题个横批吧，叫：首战必胜。"

如果说对联表达了四局人的决心和胸怀，而横批则寄托着部领导的首肯和希望。

1994年10月1日，历经艰苦磨难的铁四局人，终于在火爆的鞭炮声中绽开了胜利的笑容，铺轨大军将两条银色的钢轨稳稳当当地落在了长江北岸的小池口，全长1740.33米的孔垄特大桥提前59天竣工。

其后，铺轨大军一路奋进，全长22.5公里的成型路基如同一条长龙静卧在这昔日的洼水淤泥之上！软土路基纹丝不动地经受住了钢轨和铺路机械的重压。

1995年3月，孙永福又一次来到孔垄至小池口软土工程中期视察。铁四院的张有、卢鸿飞、张绪尧等人陪同。

那天，晴空万里，生机盎然，大家看到一条崭新的铁路正笔直地在昔日不可一世的软土地带骄傲地延伸着。

孙永福详细了解了情况，他得知，这一段线路经过多种试验的测试和检查后，路基的沉降量完全被严格地控制在质量要求的范围以内。

孙永福高兴地说："现在看来，对这一段工程采取的措施是成功的。过一段时间我们还要再看看，如果不出现问题，恐怕今后就再没有什么软土地带能够阻拦我们了！"

建造九江长江大桥

九江位于京九铁路与长江的交叉点上，它南拥庐山，东依鄱阳湖，是京九线上一颗最为耀眼的旅游明珠。

九江长江大桥北岸是湖北省黄梅县的小池镇，南岸位于九江市区的白水湖，与大桥附近的琵琶亭、锁江楼塔相映生辉。

早在1973年年底，大桥局第二、第五工程处3000多名专家、干部、工人从全国各地被紧急调来，聚集在长江两岸。

他们先是修筑营房，运送材料，之后就将江水阻截，围堰打桩。

6年过去了，桥墩已经全部建好，两岸的引桥也已经初具规模，正是全力进行最后一搏的时候。

但这时，由于整个中国基本战线需要收缩，九江大桥不得不暂停建设。

从此以后，整整7年多，九江长江大桥的建设始终处于一种停滞状态。

1984年12月12日，中共中央总书记胡耀邦来到江西考察。

九江市委书记向胡耀邦汇报工作，其中重要的一项内容，就是关于九江长江大桥的建设问题：

这段时间，大桥的建设始终处于一种停滞状态。如果撤，已经投入了大量的资金，并且最困难的水下基础部分已经建设成功，实在太可惜了。如果不撤，国家每年就要拿出500万的保养资金。

所有在九江长江大桥工地上工作过的工人和九江人民都希望国家下定决心，力争早日把大桥胜利建设成功。

胡耀邦认真听完汇报后，他提出要到九江长江大桥工地实地看一看。

第二天，当地领导陪同胡耀邦乘坐"庐山号"游艇来到九江长江大桥工地。

大家来到距离桥墩很近的地方，胡耀邦看着那些大桥矗立起的部分，一时陷入了深思：

从80年代以来，我国的经济一步步好转，伴随着整个国民经济的迅速发展，交通问题被逐渐提高到更重要的位置。九江大桥拖了这么长的时间，再不能继续拖下去了。

想到这里，胡耀邦说："看样子，不是你们一家想修好这座桥，而是几家。湖北、安徽也都在想啊！"

大家一听胡耀邦这话，立时变得非常兴奋，纷纷表示事实确实如此。

胡耀邦当时表示：

> 如果技术上过关，同意修好这座桥。如果资金不够，可以暂时留下铁路桥不搞，把公路

桥先搞起来。

　　单靠国家投资显然有困难，能否打开思路，
比如，几家分摊，大家都出些钱。

　　从此以后，江西省和九江市各级领导就开始行动，
他们主动请来专家论证修建大桥的可能性和必要性，而
且派人到北京去找各方面关系请求援助。

　　他们先后找到年逾古稀的著名桥梁专家茅以升、钱
伟长、许德珩，甚至也找过邓颖超。

　　他们先后去过铁道部、交通部、国家计委，一直到
国务院汇报情况……

　　1986 年 11 月 24 日，江西省委书记万绍芬接到通知，
国务院副总理万里将于 25 日 15 时到达上饶，并于当晚赶
到景德镇，26 日下午将抵达安徽。

　　万绍芬第二天便赶到了景德镇，她当晚向万里汇报
了工作，并特别提出了九江长江大桥的问题。

　　万里听完后，决定改变原定的行程，到九江去看一
看当地的情况。

　　28 日上午，万里一行乘着大桥指挥部特意为他们准
备的游艇来到九江，随行的有人大常委会副秘书长丁关
根、国家科委副局长邓楠。

　　当万里看到十几年前批准修建的大桥工程已经投入
了 2 亿多元资金，如今却仍然是那些兀立在江心中的墩
台时，说："我应当早一点儿来的，我们都把这座大桥疏

忽得太久了。"

江西省的各级领导趁此机会向万里请求："万里同志，我们盼望这座桥早日建成。"

万里说："谁不盼望早日建成呀，问题是国家现在实在拿不出钱来。"

的确如此，当时中国刚从困难中走出来，经济还很薄弱。国家的目光首先盯向了华东和华南，"北通大秦，南攻衡广，中取华东"。地处一隅的九江在整个国民经济中的地位，不是处于一个很显要的位置。

江西省的领导们听万里这么说，当然不甘心，齐问："能不能想点儿别的办法？"

万里说："什么办法？除非你们几家都自己出力凑，这才是办法。"

经过大家集体讨论，最终对于九江长江大桥的建设集资方案产生了：

由铁道部承担 3000 万元，因为将来大桥迟早是要通火车的。交通部也承担 3000 万元，因为这座大桥将来必定也要有汽车运输。然后剩下的 3000 万元由国家计委拨付。而湖北省和安徽各出 1500 万元。

很快，国家计委经国务院批准，正式发文，决定采用集资的办法恢复九江长江大桥的建设。

1987 年初，九江长江大桥建设重新开工。

1991 年夏季，苏联国家电视台"漫游长江"系列片摄制组通过苏联国家广播电视委员会驻北京首席记者弗拉基米尔·库列科夫一行 6 人，自长江上游顺流而下，沿线拍摄了长江两岸的好多城乡、山水，以及风土人情。

6 月 28 日，库列科夫一行来到了九江长江大桥工地。他们对大桥产生了强烈的兴趣，决定拍摄这座大桥。

大桥局高级工程师赵煜澄负责接待库列科夫一行。

他首先向大家介绍了大桥的概况，然后陪他们乘坐一艘机动船来江面上实地拍摄。

大家看到，两岸正在紧张地进行架梁施工，北岸用全悬臂法架设跨度为 180 米的第七孔钢梁。他们抬眼向上望，整个大江中没有任何支撑点，只有一座吊索塔架在钢梁上，吊索塔架高 54 米。在蓝天的映衬下，塔架显得尤其高大雄伟。

库列科夫用中文问赵煜澄："钢梁是中国自己产的吗？"

赵煜澄回答："是的。"而且赵煜澄还告诉库列科夫，这种钢就是"15 锰钒氮"，强度要比南京长江大桥所使用的钢种高出一个等级。

库列科夫又问："修这座大桥你们没有进口材料吗？"

赵煜澄大声回答："没有！"

库列科夫仍不甘心地问："那建桥的设备呢，也全是中国自己的吗？"

赵煜澄回答说："建桥设备有进口的，但那都是建筑队伍使用的一些常用设备，比如载重汽车等，但建桥中所有关键设备都是中国自己的。"

库列科夫与赵煜澄继续交谈，过程中他突然压低声音用俄语问赵煜澄："你们修这座大桥有没有聘请过国外的技术专家？"

赵煜澄说："没有。"

库列科夫赞叹说："你们中国改革开放成绩很大，而且你们真幸运，有这样一批了不起的建设者，又有这样一位英明的总设计师。"

后来，苏联著名桥梁专家西林也来到了九江长江大桥。

当年，为了修好武汉长江大桥，铁道部请苏联桥梁专家、苏联科学院院士西林等人组成一个 28 人的专家组，提供技术指导。

西林看过现在的大桥后，称赞说："这是一座世界级的大桥。"

1992 年 5 月 17 日 21 时，大桥合龙正式开始。霎时，工地上灯火通明，工人们把一根根钢梁运向前方，又一根根地把它们连接在应有的位置上。

5 月 18 日，江西省省长吴官正、湖北省副省长徐鹏航、铁道部副部长孙永福等，一齐来到九江长江大桥建设工地。

8 时 40 分，从长江南北两岸各伸过来一根巨大的钢梁。

所有人的目光注视着这一切，摄像机、照相机的镜头都对准了这一历史性的时刻。

两架钢梁顺利接通，误差只有 0.2 毫米，大桥合龙成功！

工地上顿时响起了震天动地的欢呼与呐喊。

由于九江长江大桥系京九铁路重中之重的关键工程，一直受到党和国家领导人的重视和关怀。

后来中共中央总书记江泽民，国务院总理李鹏，全国人大常委会委员长乔石，政协主席李瑞环，国务院副总理朱镕基、李岚清、姜春云，人大常委会副委员长田纪云、倪志福、李锡铭，政协副主席叶选平、杨汝岱、王兆国、王恩茂、洪学智，国务委员宋健、李铁映等党和国家领导人，都到过大桥视察并作重要指示，给建桥职工极大的鼓舞。

原国家计委副主任彭敏，铁道部韩杼滨、李森茂、苏杰、李轩、孙永福、蔡庆华、沈之介、华茂崑等部领导也多次到该桥视察和作重要指示。

江西省万绍芬、白栋材、吴官正、毛致用，湖北省郭树言，安徽省卢景荣、傅锡寿等省领导也都曾到大桥视察。

九江长江大桥是继武汉长江大桥之后，我国在长江上建造的第八座大桥，也是我国目前最长、工程量最大的铁路、公路两用桥。无论是桥的设计、施工工艺，还是新型建筑材料的使用等方面，都反映了我国迄今最先进的建桥水平。

九江长江大桥铁路桥长 7675 米，公路桥长 4460 米，江中有桥墩 10 个，共架设 11 孔钢梁，最大跨度 216 米，最小跨度 126 米。整个大桥设计新颖，造型优美，工艺独特，雄伟壮观。

大桥铁路引桥采用的无砟无枕预应力箱形梁，在我国建桥史上还是第一次。主河槽 216 米宽的大跨度，也居全国桥梁之首。

我国第一次试验的 15 锰钒氮新钢种在这座桥上首先使用。这座桥使用的钢材、水泥、木材等建筑材料，创造了我国建桥史上的最高纪录。

九江大桥墩顶到基础最低底面，相距 64 米，相当于一座 22 层高的楼房。从钢梁拱顶到基础最低底面，高达 132 米，相当于一座 45 层高的高楼。

九江水域地质情况复杂，水深流急，施工难度较大。施工单位在基础工程中采用了双壁钢围堰、泥浆套下沉和空气幕等一系列新技术、新工艺，保证了工程质量。

就连茅以升，以及日本、俄罗斯、德国、韩国专家也曾对大桥工地给予了很高的评价。

京九铁路过了九江，继续向南，1994 年 4 月修至向塘，6 月份修建成功吉安赣江特大桥，8 月，泰和赣江特大桥修建成功。

1994 年 9 月，京九铁路经过江西省会南昌，到达赣州。

赣州是一座历史文化名城，大家在这里看到了从东门到西门的宋代古城墙，还有堪称中国石窟艺术瑰宝的通天岩。另外，还有始建于北宋、耸立在章贡两江合流处的胜景八境台，位于贺兰山上的郁孤台。

尤其令大家叹为观止的是巍峨的慈云塔，贡江的古浮桥，规模宏大的七里镇古瓷窑，以及江西省首屈一指的文庙。

赣州又是一座英雄的城市，红都瑞金、于都长征第一渡、兴国将军县等红色圣地都在赣州。

赣南与粤东、闽西是世界客家人的聚居地，与闽、粤、港、澳、台有着独特的地缘、人缘和亲缘关系。

港澳台同胞和海外侨胞对家乡都有深厚的投资情怀，交通条件的改善使他们的愿望得以实现，客家文化的发展越来越细腻。

唐开元四年（716年），张九龄在赣州开通通往岭南古驿道，赣南就此成为"五岭之要衢"，沟通了赣、湘、粤、闽，成就了赣州在以后历朝盛世中"商贾云集，货物如雨"的繁华景象，留下了"南方丝绸之路"的美名。

"道通则百业兴"，古驿道在带来赣州经济繁荣的同时，也给赣州成为一座历史文化名城铸造了坚实的基础，为赣州此后数百年人文兴盛提供了契机。

京九铁路通车赣州后，对于赣州经济的牵引正在慢慢发力。

铁路建设者和当地人民都相信，京九铁路不但会成为赣州的经济大动脉，也会成为赣州迎来文化发展再次繁荣的有利因素。

京九铁路通车后，不但给江西省的经济带来了快速的发展，同时也给邻省的经济发展提供了有利条件，为加快这一地区的经济腾飞作出了贡献。

胜利攻克岐岭隧道

1993 年 4 月，铁道部第十四工程局四处三队在负责开挖的位于江西省南康、信丰两县交界的岐岭山脉岐岭隧道进口处施工。

而这时，正是赣南多雨的季节。

按照设计，隧道穿越的岐岭山脉呈东西走向，山势起伏，绵延数十公里。由进口到出口，山势渐缓，最大埋深 176 米。出口地处山间谷地，平坦开阔。

大家发现，隧道地质极差，为泥岩、泥质砂岩、粉砂岩、极度分化花岗岩等，软弱围岩占 70% 以上，被建设者称为"南中国的地质博物馆"。

4 月 1 日，三队按预定计划顺利到达施工现场，他们没有休息，立即调来木工紧急制作拱架，准备开挖隧道洞口。

8 日，洞口正式开挖。他们最先使用机械开挖，但这时，脚下面原本就稀软的泥土由于雨水的浸泡变得更加软了，机械履带被陷在泥土中，无法施工，大家只好改为人力开挖。

但是，他们没有想到，岐岭隧道却无法形成断面，刚被切开的地表迅速发生变化，头顶上的泥土加上雨水一冲，像失去了支撑一般坍塌下来。

大家赶紧退出，跑到坡顶上一看，地表上竟出现了一道极深的裂缝，裂缝纵向长度竟达110米。

1993年4月21日，铁道部建设司在南昌召开京九铁路吉赣龙段设计鉴定会。会议还没有开完，十四局已经派出汽车专门来接李应顺和黄恒均，请他们立刻赶往岐岭。

李应顺和黄恒均马上动身来到岐岭，他们发现洞口上方的大裂缝后，在吃惊之余，立即提出：马上停止施工，停止进洞。

5月1日，一场罕见的大雨倾盆而至，雨水冲卷着泥土、砂石将隧道进口刚挖开的断面封住了。

大家25天的辛苦前功尽弃。但大家都清楚，就算没有这场大雨，也无法按预定的计划实现进洞。

十四局京九铁路指挥部指挥长余文忠立即与常务副指挥长叶禄林、会议施工技术处处长毛亮等召开紧急会议，大家一起来到现场。

经过商讨，大家很快拿出了针对方案：首先在隧道进口的山坡上钻孔注浆，然后利用高压把能够迅速凝结的水泥和水玻璃注入地下，使其固结。

另外，还要在山坡上挖一条沟渠，将雨水引向两侧分流。

最后，在正洞的右边打一个平行导坑。

5月7日，三队的工人开始全力开挖平行导坑。

但是，整整5天过去了，大家日夜奋战，竟然没有一丝进展。

余文忠发火了，他从来没遇到过这样的情况。余文忠不顾一切地大叫："攻！继续攻！我就不信拿不下它来！"

又过了 3 天，大家终于看到了一丝希望。虽然平行导坑没有进展，但是洞口的拱门已经支起来了，他们知道，这就意味着可以向纵深发展了。

指挥部命令：一鼓作气，乘胜追击，务必于 5 月底向纵深推进 30 米。

战斗在最前线的工人们很快就发现，岐岭的山体实在是太令人不可思议了。不挖它，它就和其他山没有什么两样，用手一摸，分明可以感觉到它的坚硬。但一旦开挖，岐岭马上就会发生变化。那些原本看上去很严整的岩体就会向外渗水，而且越渗越多，最后隧道内就像下雨一样。

平行导坑艰难地向前延伸着，工人们弯着腰，光着背，用各种最原始的工具向前挖着。但水越来越多，土越来越稀，最后所有工具都用不上了，他们只好用脸盆和水桶不停地舀泥水，然后一个一个地向外传递。

5 月 30 日，大家就这样一寸一寸地将平行导坑艰难地推进了 31 米，这比预定的还要多出一米。

可是，大家还没来得及庆贺，岐岭的变化就加剧了，水很快就涌满了，冲带着泥土向工人们逼来，将他们逼得节节败退，一直逼到了洞门外。

指挥部紧急命令：大家撤退，封住洞口，阻拦泥流。

岐岭隧道两战两败，不但令三队职工心情焦急，消息传开后，也大大震动了整个京九全线。

铁四院副院长杨如石、党委书记曾海奇、总工程师田代勋，还有江南指挥部指挥长黄林祥、常务副指挥长戚盛昌，以及各有关处室的专家们多次赶赴现场，了解情况，研究方案，解决问题。

高级工程师刘增耀年近花甲，患冠心病多年，他在得知国外对岐岭隧道的评论后，怀揣着"药葫芦"主动请缨来到工地。

刘增耀犯病时，"药葫芦"掏慢一点儿都不成。

在这里，刘增耀运用国际现代化隧道建筑技术手段和丰富的施工经验，提出科学的施工方案。

首先，排水是攻克岐岭隧道的关键，因此，在排水问题上要多有措施，下大力气。

为了让工人熟练掌握先进科学技术，刘增耀站在险象环生的隧道掌子面指导工人施工，险些被塌方夺去生命。

就在隧道掘进突破最艰难地段的时刻，刘增耀因心情过于激动，掏"药葫芦"的动作慢了半拍，一下子晕厥在隧道里。经过紧急抢救，他才脱离危险。

1993年9月中旬，岐岭隧道的形势已经不容乐观了。四处三队在施工中越来越多地采纳了专家们的意见，除了注浆工艺之外，还非常自觉地接长了明洞。

10 月 25 日，铁四院下达命令，派吴治生迅速赶到岐岭。他当时正在京广线武汉至衡阳区段，担任电气化技术改造地质的负责人。

吴治生赶到岐岭，他承担的一个重要任务是检测并判明洞口山体空间是大滑坡，还是由于开挖而造成的牵引性开裂。

吴治生拿着罗盘、放大镜、地质锤、笔记本等就开始围着岐岭认真勘测起来。

一周后，结论出来了，不是大滑坡。

吴治生经过一段时间的摸索，已经大体摸清了岐岭的地质状况。而且，吴治生坚定地认为，李应顺、黄恒均等人拟订的诸如"眼镜法""管棚注浆"等施工方案都是完全正确的。

10 月 31 日，各路专家再一次聚集岐岭，研究解决困难的方法。在会议上，专家们再一次强调必须采用"眼镜法"施工。

"眼镜法"是当时世界上针对软弱围岩而创造的最先进的施工方法，它不仅开挖稳妥有序，而且每前进一步，工人们都用 18 米长的钢铁导管对前方即将开挖的岩体进行注浆，使前方的岩体凝固板结。注浆所取得的效果前期已经知道，而且这些钢铁导管便在岩体内形成了一排十分密集的拱墙，它对即将开挖的前方坑道将形成相当有力的箍护。

11 月 5 日，三队首次使用"眼镜法"向隧道左路推进。

经过苦战，"左眼镜"终于推进到 18 米，"右眼镜"也迅速跟进，推进到 22 米。

就在工程紧张进行中，在修建岐岭隧道时，青年助理工程师邱定广积劳成疾，以身殉职。

其实，在此前一年多，邱定广就被确诊为肝癌，可他把诊断书悄悄藏起来，瞒过了领导，请命上了京九。

邱定广在他生前最后的日子里留下一段心灵的独白："人生能有几回搏，我要证明我自己曾经生活过，能在京九铁路这样的重点工程建设中干上一年多，就没有什么遗憾了!"

11 月 20 日，隧道正面洞顶突然又一次出现裂缝，裂缝宽度很快发展到 12 厘米，山体随之出现了滑移的迹象。

12 月 7 日，"左眼镜"内出现大量泥流，掌子面洞顶 3 米以上全部塌陷，双层管棚及双层格栅的支护被生生压垮，设内支护严重开裂。"左眼镜"被迫紧急封闭。

12 月 8 日，已经掘进了 180 米左右的平行导坑骤然发生涌泥、涌水现象。尽管工人们采取了紧急措施，全力清除泥沙，但他们还是被越来越严重的泥流逼退了 30 多米。

余文忠由焦虑转为发怒了!

最高司令部早就发出命令：京九会战，不许挡道，谁挡道谁负责!

余文忠明白，十四局一旦被困在岐岭隧道的话，那这支队伍就垮掉了，很可能在以后的市场竞争中处于无处觅食的地步。

余文忠和指挥部领导商量，研究了一套自己的方法：一是大揭盖，二是打连续桩墙。

大揭盖就是明着挖，不顾一切也要在岐岭开出一条通道。连续桩墙就是在即将开挖的隧道两侧，用水泥桩连续打下去，左右各一排，一方面阻挡来自两侧的渗水，另一方面可以支撑着隧道架建拱顶。

李应顺、黄恒均和吴治生一听这种建议，大吃一惊，他们一边表示强烈反对，一边迅速向副指挥长戚盛昌汇报。

十四局关于大揭盖和桩柱连续墙的建议作为具体施工单位的意见，很快地反映上去了，而且引起了各级领导的空前重视。

12月16日，中国铁道建筑总公司赣州指挥部向京九铁路建设办公室紧急发报，电文标题是《关于岐岭隧道目前情况的报告》。

电文的中心内容只有一个：

……形势空前严峻。我们拟再次会同京九办、铁四院及监理单位研究技术上可行，又能加快施工进度的方案，以确保工期。

3天以后，赣州指挥部又紧急发出第二份电报，其中明确提到了两点：

一、十四局要求明挖。

二、恳请尽快组织更高层次的领导和专家来现场进行研讨和决策。

京九铁路办公室南昌指挥部收到电报后，立即将情况及研究意见电传北京。

12月22日，北京京九办总工程师黄杰宇回电：

……21日，建总陈嘉珍副总经理、科技部林振球工程师来办共商有关岐岭隧道施工方案，张健基副主任和我及工支处景阳同志一道参加，经研究：鉴于目前山顶已出现裂缝，大揭盖将会引起更大的牵动，甚至有坍滑的可能，此方案不可取。

大揭盖方案被否定后，岐岭隧道施工暂时陷入停顿。

12月28日，戚盛昌率江南指挥部的有关专家赶赴现场，铁四院总工程师田代勋也专程从武汉赶来。

余文忠和十四局有关人员立刻与他们碰头、开会，讨论解决问题的方法。

明挖被否定，十四局坚持要打桩柱。

铁四院专家邓谊民说:"桩柱连续墙理论上首先就无法成立。且不说其他的,光横向侧压力它就承受不了,弄不好很可能将被生生剪断。"

黄恒均接着说:"攻克岐岭最关键的是治水,而岐岭岩体中最主要的又是裂隙水,就是打了桩墙,也还是避免不了裂隙水的问题。"

吴治生也说:"且不说桩柱在理论上能否成立,就从工期来看,打一根桩至少要 5 天,那要打多少天?"

大家争论了很久,一时谁也不让谁,气氛越来越紧张。

戚盛昌犹豫了好一会儿,然后他征求了李应顺、黄恒均、吴治生等人的意见,找到田代勋。

戚盛昌说:"田总,看样子,不让实践来检验一下我们双方的意见不行了,现在就算他们采用我们的方案,也是疑虑重重地采用。那样的话,形式上按我们的要求,实际上各种措施跟不上,很可能后果会更严重。我看,是否考虑一下,同意让他们试验一段。"

田代勋深思了很久,当时一句话也没说。

12 月 29 日晚,田代勋代表四院宣布:作为试验,铁四院同意十四局打 20 米长的桩柱墙,具体方案报铁道部审批。

于是三队就分别用两种方法对隧道进行施工。

青年铺架队的张志军是石家庄铁道学院毕业的高才生,精明强干又一表人才,上京九三年却接连"黄"了

10 个对象，被人戏称"老黄"。姑娘们的条件千篇一律：只要他不当筑路郎，起码也要离开铺架这一行。

可张志军什么都可以让步，就是这一点，他表现得很坚决："没商量。"

张志军和工友们个个脸颊上都长满了大块的蝴蝶斑，这是他们长年野外作业、风餐露宿的结果。

更令人难以忍受的是精神孤独。铺轨机频繁迁徙，远离村镇，无法通邮，几个月也收不到一封家信，工友与家人几乎失去了联系。

张志军说，原先黄了的几个对象，看到报上发表的报道他的文章，都给他来了信，对张志军表示理解和敬佩，愿意交往。这些信是由后方捎来的，信上落款时间已经过去了 5 个多月，信封与信纸已经被磨损得残缺不全了。

1994 年春节，孙永福来到了工地。除夕之夜，他和干部工人一起吃年夜饭，以便鼓舞士气。

在调查现场之后，孙永福决定召集全路专家进行会诊，制订综合处理方案，攻克难关，加快进度，保证工期。在全体人员的努力下，终于将这一难题攻克。

孙永福对余文忠说：

> 余指挥长，岐岭隧道就交给你了，如果按时贯通它，你们就是历史的功臣。

春节时，吴治生回武汉待了两天，返回岐岭时他遇到了余文忠。余文忠肝胆有病，从不喝酒，而那天专门破了戒，与吴治生碰了杯。

经过反复的争辩和实践，现在余文忠的态度已经完全明朗了：按铁四院的方案干！

3月17日，被泥水充填的隧道全部修复。29日，排水洞正式施工。3月30日，排水洞超过"左眼镜"并继续快速推进。

8月26日，排水洞打到205米，至此，已经圆满完成了对"左眼镜"的保护任务。

8月31日，排水洞终于推进到282米，并已经顺利插入正洞。

同时，早在4月底，竖井开挖已经到达预定深度；4月17日，平行导坑终于在洞子里打出了第一块石头；10月15日，进口队伍和出口十八局的队伍各自凿通作业面，在洞内胜利会师。

令京九铁路所有人都费尽力气的岐岭隧道终于宣告提前45天胜利贯通。

岐岭隧道的贯通，为京九铁路全线铺轨提供了先决条件，为软地质层开凿隧道提供了经验，在我国建设史上是一个新的开创。

修建赣州至龙川段

1993 年 9 月 27 日，正当赣南各路建设大军在冒雨艰难地向各自预定的目标挺进，铁十四局三处正在为攻克岐岭隧道绞尽脑汁的时候，又一个令人震撼的消息传遍整个京九线。十二局四处九队正施工的金鸡岭隧道发生了大塌方！

27 日 8 时 10 分，金鸡岭隧道进口上导坑中部突然崩塌，而此前并没有任何的征兆，所有人都没有预料到。

塌方发生后，所有工人都以最快的速度向洞外撤退。碎石纷纷坠落，不大工夫，已经形成约 15 米见方的喇叭口形塌体。

大家跑出来以后仔细一看，天哪，竟然还有 9 个人没有撤出来，他们都是来自安徽的民工。

张福才用最快的速度向上级报告了险情，他随即组织现有力量研究营救方案。

张福才刚刚布置完这一切，金鸡岭南突然又发生了第二次塌方。而且这一次不仅完全覆盖了第一次的塌体，还把衬砌台车都埋了进去。

中国铁道建筑总公司赣州指挥部总指挥陈嘉珍、十二工程局京九指挥长金普庆、赣州行署专员邱禄鑫、赣州行署副专员钟祖恩都以最快的速度赶赴现场。十二局局长吴起善和党委书记何海涛也于当晚从山西太原不远千里赶到金鸡岭。

大家很快研究出抢救方案：在隧道的右侧打一个小导坑，打得越小越好，而且必须要打得准，直接打到工人们藏身的准确位置上。因为时间是宝贵的。

这时，所有人都想到，这9个人肯定在隧道两侧的拱脚处，因为只有这里有钢格栅的初期支护。

十二局立即抽调了正在雷公山隧道紧张施工的二处三段精锐之师进行抢救。

段长王法岭、副段长赵西民在听到金鸡岭塌方的消息后，早已经做好了营救准备。他们以最快的速度赶到金鸡岭，与总工程师霍玉华等人一道研究抢险方案。

但是，抢险方案才刚刚实施，18时10分，金鸡岭又发生了第三次大塌方。

大家意识到，当前最重要的是向坑道内输送氧气。十二局京九指挥部设备处处长董裕国负责打通输送氧气的管道。

他们为了保险，一共打了3根钢管，第一根钢管用了一天一夜的时间，终于打进去了。

但是一送氧，他们就立刻发现不对劲，原来，50毫米直径的管子太细，管子全部被变形的山体挤扁了，阻塞住了，根本送不进氧气。

第二次，他们换了直径150毫米的钢管，整整打了两天一夜，他们一边打一边观察。打着打着，大家突然

103

铁路建设与施工

感到钻头猛地一进，他们明白了，这是正好打在拱脚处的空隙里了。

但氧气仍然输送不进去，董裕国想了一下，他恍然大悟，现在打进去的只有一个眼，空气无法形成回流，当务之急是赶快打进另一根钢管。

又一根钢管也打进去了，但氧气仍然输送不进去。

这时，距事发时已经过去了 70 个小时，如果再不及时送进氧气，被埋在洞内的人将会有生命危险。

董裕国找到了正生病输液的金普庆，决定冒险使用高压风，打进洞内使空气流通。

董裕国说："高压风不是一般的风，如果这风刚好吹在人的身上，就……"

金普庆想了一会儿，抬起头坚决地说："情况危急，不允许我们再拖下去了，你马上回去，立即执行，有什么事我担着。"

董裕国立即执行，这一招还真灵，氧气终于送进去了。

接着，大家又想办法与埋在洞内的人取得联系。

大家都趴在管口朝里喊："喂，里面有人没有？""喂，我们正在想办法救你们呢，你们听见没有？"

十二局指挥部副指挥长陈小山趴在管口，他突然听到有微弱的安徽口音的说话声。陈小山回头一看，身边并没有安徽人，于是他叫来几个安徽民工，轮流着大声向管内喊话。

终于，大家听清了管内传出来微弱的应答声。

"你们一共有几个人？"

"3个。"

"另外的6个人呢？"

"往前走了。"

大家心里都紧张起来，接着又问他们：

"他们是什么时候朝前走的？"

"就是刚塌方的时候。"

"现在你们能联系上他们吗？"

"不能。"

"能听见他们的声音吗？"

"刚塌方的时候听见过，后来就再没听见了。"

"好了，我们不多问你们话了，你们也不要多说话，尽量保持体力，请你们坚定信心等待，我们正在想办法营救你们。"

小导坑的开挖正在全力进行，霍玉华要亲自进洞，他说："金鸡岭隧道的地形地质我都熟悉，我进洞是最佳人选。"

王法岭坚决不同意，他说："你是二处京九线上负责全面技术工作的总工。怎么能让你去？再说了，具体到指挥挖泥，谁也没有我再合适，我是最有实践经验的。"

赵西民却反对他们两个任何一个进洞，他说："你们都别犯糊涂了。霍玉华是总工不能去，王法岭你就更不能去了，你是一段之长，你还要主持雷公山的工作呢。

我在当前才是最佳人选。"

最后还是金普庆说话了："王法岭担任抢险突击队队长。"

于是，王法岭挑选出 160 名有隧道开挖经验的精干人员，40 人一个班，4 个小时换一次，大家一气不歇地轮流开挖导坑。

10 月 2 日 15 时，王法岭他们冒着几次大小塌方的危险，终于在第五天把小导坑挖到了右侧拱脚处一个黑漆漆的大空洞里，但是，里面却没有发现一个人。

王法岭疲惫不堪地走出洞，把情况赶紧报告一直等在洞外的金普庆。

金普庆找来霍玉华，大家一商量：刻不容缓，不许停顿，立刻朝左侧拱脚处打。

10 月 4 日 1 时 20 分，抢险队终于打到了右侧拱脚处空洞。

王法岭迅速拿来手电筒，伸进头去一看，立刻发现有 3 个人正蜷缩着躺在里面。

王法岭立刻大声喊："找到了！在这里！赶快来人，把他们背出去！"

3 个人被抢救出去之后，还要全力找剩下的那 6 个人。

但是很不幸的是，等找到那 6 个人的时候，他们已经全部牺牲了。

在场的所有人都默默地脱下了帽子。

大家心里都在想：但愿到京九铁路全线贯通的那一天，全国人民在鞭炮轰鸣和举国同庆的热烈庆典中，不要忘记了为这项全中国 20 世纪末最伟大的工程作出贡献而牺牲的人们。

1993 年 5 月至 1994 年 12 月，铁道部隧道工程局第一工程处、第二工程处、勘测设计院等单位负责修建京九铁路五指山隧道。

五指山，全国闻名。但全国有几座五指山，京九铁路上的五指山，是广东省东北和平县境内属于九连山脉的五指山。

九连山东北段，莽莽苍苍，横贯江西与广东省的交界处。远眺九连山，有一排并肩耸立的 5 个山头，像人的 5 个指头，故称五指山。

正在快速修建的京九铁路进入广东的第一关就要穿越五指山腹地。

在此，目前正在建设一座全长 4455 米的五指山隧道。它是京九线上最长的隧道，也是控制工期的重点工程，总工期为 26 个月。

五指山隧道施工中充分发挥了设计、施工、科研三位一体的优势，攻克了不良地质、涌水、放射性污染、地热高温等难关，创造了连续 17 个月月成洞双口双百米的好成绩。其中出口连续 6 个月实现月成洞超 150 米。

1993 年夏天，京九铁路开工建设时，熊冬仔从铁路十六局指挥部揽到了广东龙川县矮岭头隧道工程，总长

960 米。

熊冬仔带领 200 名员工，打着"江西队"的旗帜上了工地。由于当时江西省并没有一支真正的路桥隧道工程队伍，因此，指挥部一些人对这些人的到来很不以为然，一位负责人生硬地说："月进度达不到 100 米，你们就回去！"

这番话让熊冬仔记忆犹新。没有多余的辩解，熊冬仔和员工们决定以行动证明自己的实力。

为了抢时间，员工们一天 24 小时憋足了劲不停地轮班作业。为了鼓舞士气，熊冬仔一人扛一根 100 多公斤重的大枕木，与员工们并肩奋战。

在熊冬仔的率先垂范下，这支特别能吃苦的队伍发挥巧干、苦干、快干精神，在很短的时间内，不仅工程质量达标，而且工程进度达到了指挥部的要求。

1995 年 11 月，整个京九铁路沿线工程全部完成。

四、 铁路通车与启用

● 邹家华指出："京九铁路的建成，使沿线地区交通条件得到显著改变……它也必将促进沿线地区的改革开放，进而带动其加快资源开发和经济发展。"

● 江泽民为京九铁路题词："建设南北大干线，开发京九经济带。"

● 阜阳的领导者们早就定下：依托大京九，借势发展，招商引资。

举行京九铁路贯通典礼

1995 年 11 月 16 日 8 时，从江西省南昌市的滨江宾馆、赣江宾馆和江西饭店，分别开出了一列列的车队。

这是参加京九铁路全线贯通庆典的车队，每一辆车上都坐满了人。车上大部分是京九铁路的建设者，另外还有工作人员、新闻记者等。

车队沿着道路开出南昌，然后顺着南昌到九江的高速公路一路向北驰骋。

这一天，京九铁路全线铺轨贯通庆祝大会在九江市新火车站广场隆重举行。国务院总理李鹏、副总理邹家华出席大会。

11 时 35 分，国务院副总理、京九铁路建设领导小组组长邹家华面对话筒，高声宣布：

京九铁路全线铺通。

这声音通过强大的电波向接轨现场传送。

随即，在江西省与广东省交界的定河桥南端，8 位精心挑选出来的工人将最后的 8 颗螺栓拧连到铁轨上。整个华夏及全世界似乎都听到了这钢铁大动脉贯通的撞击声。

这标志着纵贯南北 9 省市的京九铁路最后两节轨排

已经连接完毕！

至此，中共中央、国务院"奋战三年，铺通京九"的决策目标提前实现，也圆了中国人民的梦。

两分钟后，铁道部京九办副主任黄杰宇通过话筒向九江报告："京九铁路最后两节轨排已经连接！"

在九江，数千只白鸽在一片欢呼声中腾空而起，飞向高天。

此时的九江市，早已经是万人空巷。江西省省长、铁道部部长、电力部部长、水利部部长和国家计委和经贸委的领导，另外还有河北、山东、河南、安徽、湖北、广东等省的领导都已经到达九江。

街道上拥挤着黑压压的人群，到处都飘扬着彩旗和红绸，到处响着歌声和锣鼓声。九江人民说：这样的场面，原来只能在电视上看看，今天，我们就是电视的主角。

邹家华在大会上致辞，他说：

> "要致富，先修路"，这是一个真理，不局限于某地方或某省份，适合于全国各个地方，包括一个山区里面的一个山村。

关于京九铁路对沿线经济发展所起的作用，邹家华指出：

> 京九铁路沿线地区，是我国粮棉等农副产

品的主要产区，其矿产资源、旅游资源、人力资源等也很丰富……京九铁路的建成，使沿线地区交通条件得到显著改变，可以满足沿线经济发展对铁路运力的需求。它也必将促进沿线地区的改革开放，进而带动其加快资源开发和经济发展。相信在不久的将来，京九铁路沿线地区将成为我国又一条充满生机和活力的新的经济增长带。

邹家华最后指出：

京九铁路建成后，对于保持香港的国际金融和贸易中心地位，保持香港的繁荣与稳定也具有十分重要的意义。京九铁路经过深圳与香港九龙相连，开辟了连接内地与香港的铁路新通道，为进一步发展内地与香港的经济、文化往来，提供了更加便利的条件。由于铁路运输能力较大提高，可增开客货列车，包括集装箱和鲜活商品运输直达列车，这将有利于促进香港繁荣。京九铁路所带来的沿线地区交通运输设施的改善，使沿线地区的资源优势、开发成本优势和市场发展潜力得以显现，从而也为香港地区扩大在内地的投资提供可选择的新的场所和条件。

当天，全中国、全世界都知道了这一条发生在中华大地世纪之交的重要消息！

江泽民、李鹏、乔石、李瑞环、邹家华等领导为京九铁路全线铺通分别题词。

江泽民的题词是：

建设南北大干线，开发京九经济带。

李鹏的题词是：

劈山越水建京九，创业精神筑丰碑。

乔石的题词是：

建设优质铁路，勇当开路先锋。

李瑞环的题词是：

功在当代，福及后人。

邹家华的题词是：

宏伟的工程，英雄的队伍。

京九铁路干线全线通车

1996 年 9 月 1 日，京九铁路全线通车。

当年，京九铁路香港段广九铁路英段，改名为九广东铁，九广东铁沿线共有 13 个车站，来往于九龙市区和罗湖口岸。

1996 年的 9 月 2 日 20 时 30 分，当首列北京至深圳的 105 次列车驶进江西井冈山站时，老区沸腾了。

一位 83 岁高龄的老太太赶了几十里山路，赶到井冈山站，她终于看到了盼了几十年的京九列车。

老太太小心地问工作人员："我能摸摸它吗?"

工作人员笑着对她说："可以啊。"

老太太伸出握了一辈子锄头的手，轻轻地抚摸着列车，举手之间如获至宝，两行老泪顺着脸颊流了下来。

老太太喃喃地说道："等得太久了啊，这铁皮车我终于看到了。"

原来，她的老伴是当年铁路建设大军的一员，可惜铁路未建完，老伴就离她而去了。

京九铁路是我国铁路建设史上规模最大、工期最紧、一次建成里程最长的铁路干线。这在我国铁路发展史上是一个创举。

加快建成京九铁路，对于大幅度缓解南北铁路运输紧张状况，完善路网布局，带动沿线地方经济发展和革命老区人民致富，促进对外开放和港澳地区的繁荣，都具有十分重要和深远的战略意义。

邹家华说：

京九铁路从北到南跨越 9 省市，总长 2536 公里，是我国铁路建设史上规模最大、投资最多、一次性建成里程最长的铁路干线。党中央、国务院非常重视京九铁路建设，把它列为国家"八五"计划和十年规划重点建设项目。自 1993 年京九铁路全面开工以来，10 余万建设大军以高昂的劳动热情和拼搏精神，使这一举世瞩目的历史性宏大工程提前全线贯通，书写了我国铁路建设史的新篇章。

阜阳市市长王汉卿的名片上就印着大京九铁路示意图。铁路米字的交叉点上，"阜阳"两个字特别醒目。阜阳的领导者们早就定下目标：依托大京九，借势发展，招商引资。

早在铁路建设时，一大批香港报纸纷纷就此事撰文评论。

《大公报》：《工程紧锣密鼓，投资旅游畅旺，港台海外正在全线物色投资项目》；

《商报》：《中银拟组银团，投资京九沿线》；

《信报》：《京九铁路带动沿线省份发展》；

《明报》：《京九铁路明年底通车大利香港》；

《成报》：《京九铁路明年通车，带动香港商机庞增》；

…………

京九线首站是北京西客站，出北京向南第一大站是衡水。

过衡水向南 80 公里到达有"羊绒之都、武松故乡"美誉的清河县，之后进入鲁西北的名胜古迹群，先是有古运河绿水盘桓、宝塔名寺矗立的大名鼎鼎的商业都会临清，后有明清时就小有名气的东昌。

东昌再往南，就是《水浒传》的故乡阳谷县城，这便是"王婆贪贿说风情、武松斗杀西门庆"等一连串故事的发生地。当年的狮子楼现仍坐落在县城的十字街头。

过阳谷到宋江的老家郓城，中间经过景阳冈，过冈前行便是有名的水泊梁山，如今这里整座的山群正辟为陈列馆，馆内遍布水浒故事的遗址，届时，来到这里的人们将可以重睹梁山好汉一百零八将的昔日风采。

京九线自郓城向南又串起山东的菏泽、河南的商丘、安徽的阜阳及江西江滨文化风光城九江等地，开始了中段的历史文化名城游。

古称曹州的菏泽，不仅拥有世界之冠的 580 多个品种的万亩牡丹园，而且哺育出左丘明、孙膑、伊尹、吴起、黄巢、宋江等一大批历史名人。菏泽，这座素有

"牡丹之乡""书画之乡""戏剧之乡""武术之乡"美誉的历史名城，是国内难得的集人文景观、民间艺术和传统文化于一体的旅游佳地，人文景观遍布各处。

古称应天的商丘，地处京九与陇海的十字路口，先为春秋宋国之国都，后又成北宋之陪都，可谓历史悠久。昔日曾与西京洛阳、东京汴梁齐名，显赫一时，古风遗迹，俯首可拾。

古往今来，南北货物的集散地阜阳，积聚着上下几千年的历史文化，政治家管仲、思想家孔子、哲学家庄子、枭雄曹操、医圣华佗等等，可谓文苑武功，各领风骚，是旅游者访古的好地方。

九江位于京九铁路与长江的交叉点上，是京九线上一颗最为耀眼的旅游明珠。

庐山是国家级风景名胜区、马祖山的国家级森林公园、鄱阳湖畔的国家级自然候鸟保护区、湖口的石钟山，以及当年朱元璋和陈友谅大战的古战场，历来就是旅游佳境，名人高士多会于此。

出九江庐山胜地顺京九线继续南下，便来到革命圣地南昌。这座拥有几百万人口的大城市，"八一起义"的一声枪响，使其以"英雄城"而闻名于世；还有名满天下的唐代诗人王勃的滕王阁著名胜景，名扬中外。

出南昌经吉安到京九线中段、南段的大片土地，大部分是井冈山、赣南、粤北等著名的革命老区，是人们敬仰先烈、进行爱国主义教育的革命圣地。其间有风景如画的"文章节义之邦"吉安；革命战争中涌现出54名将军的兴国；第一个红色政权所在地瑞金；具有两千年历史的赣州，以及于都、会昌等。

　　最后进入我国经济改革开放窗口、自然风光绮丽、具有独特南国特色的广东省，经惠州、深圳到达京九线的终点站东方明珠香港九龙，一路风光旖旎壮观，令人流连忘返。

本书主要参考资料

《国史全鉴》本书编委会编 团结出版社

《共和国五十年珍贵档案》中央档案馆编 中国档案
　　出版社

《共和国要事珍闻》郑毅 李冬梅 李梦主编 吉林文
　　史出版社

《中国大决策纪实》黄也平主编 光明日报出版社

《神州大动脉》李瑞明主编 大众文艺出版社

《中国大动脉》周文斌 刘路沙主编 广西科学技术出
　　版社

《邓小平与中国铁路》孙连捷著 中共中央党校出
　　版社